Für meinen Vater

Richard Lempart

Der Tannennadelbär

Erzählung

Bibliografische Information der Deutschen Nationalbibliothek:
Die Deutsche Nationalbibliothek verzeichnet diese Publikation in der Deutschen Nationalbibliografie; detaillierte bibliografische Daten sind im Internet über http://dnb.dnb.de abrufbar.

© 2015 Richard Lempart
Umschlagbild / Buchgestaltung: Richard Lempart
Rektorat: Moritz Siegel

Herstellung und Verlag: BoD – Books on Demand, Norderstedt

ISBN: 978-3-7347-5495-1

Inhaltsverzeichnis

Unterwegs   7

In der Zwickmühle   23

Entspannende Aussichten   34

Seltsame Symmetrien   46

Dem schallenden Tropfen nach   58

Der heimische Traumrichtende   80

Ein Blütentag unter Freunden   110

Mit eigenen Gedanken konfrontiert   141

Wunderbare Neuigkeit   171

Der nahtlose Übergang   185

Unterwegs
✻

Im Bett liegend lasse ich gerne noch ein wenig Zeit vergehen, bis meine verehrten Sinne nach und nach in dieser kühlen Frühe ihre Wege finden, sich draußen der real existierenden Welt stellen zu können. Denn auch heute werden vor freudig quietschendem Fenster, ja in gar nicht weiter Ferne, tausende, gar Millionen beachtlich großer Regentropfen vom Winde mutwillig in mehrere Richtungen getrieben – und sie schlagen schließlich allesamt laut klatschend auf, mich damit deutlich warnend: *Glaube deinem Gehör! Komme nicht heraus! Noch sind wir zur Tat, der Erde nasses Gut zu spenden.*

Nun ja, ich würde schon gerne hier bleiben, mir einen guten Tee zubereiten und ein interessantes Buch lesen, wäre dies eine Alternative zu der anstehenden Reise. Ich muss jedoch weiterziehen – hoffentlich auch alleine, ohne die über dieser Hütte hängende Wolke, die mit ihrer aufdringlichen Feuchtigkeit netterweise woanders hinziehen möge. Angenehmes Gefühl, zu wissen, dass mein Wagen der allwettertauglichen Sorte angehört. Wenn man aber bedenkt, dass viele relevanten Details des Streckenverlaufs unterwegs den gegebenen Bedingungen immer wieder angepasst und neu berechnet werden müssen – das ist ein weniger erfreulicher Gedanke. Dann ist es vielleicht besser, einfach nur loszufahren. Freilich könnte man sich in dieser Situation noch fragen, welche Wassermengen die Wege im Gebirge denn noch vertragen können ...

Mehrere Stunden sind dahingeflossen – und siehe da: Lang ersehnte, sanft wärmende Sonnenstrahlen erreichen meine Hände, die inzwischen zu blass-hölzernen, am Lenkrad festklemmenden Werkzeugen geworden sind. Doch Müdigkeit und Hunger behalten weiterhin ihre alte, zuverlässige Steigerung bei. Dabei muss ich, mich ablenkend, daran denken: Es ist schon das zweite Mal, dass ich Südamerikas wunderschöne Landschaften genießen darf, und abgesehen von den letzten Regenfällen und der relativen Frische würde ich behaupten, dass meine aktuelle Tour erneut einem wunderbaren Glück gleichen könnte.

Und plötzlich ist es tatsächlich so weit: Wie beinahe schon erwartet bleibt eins der Fahrzeuge vor mir auf der Piste liegen! Den Wetterverhältnissen entsprechend steckt es rädertief schön passend im Schlamm. Jetzt kann ich in der streng nach Abgasen riechenden, förmlich stehenden Luft die Gedankengänge der übrigen Verkehrsteilnehmer lesen: Sie strömen langsam aus den Fahrzeugen aus und hüllen alles in einen dichten Nebel ein. Und es flüstert dann: *Mensch, wie nett, dass ich nicht derjenige bin, der dort vorne im Schlamme steckt.* Auch interessant zu sehen, wie die sich stauenden Autos im Geflecht ihrer abgenutzten Farben sich geräuschvoll zu einem langen, blechernen Drachen komprimieren und aus den Fenstern heraus einige klagende Hände zu unruhig wimmelnden Gliedmaßen werden. Ich denke mir, dass ich diesem Ungeheuer besser zeitig ausweiche, bevor auch meine Körperteile zu den seinen werden. Tatsächlich scheint es noch möglich, der drohenden Apathie des Staus rechtzeitig entkommen zu können. Hiermit ist es nun also beschlossen: Diesen Umstand kann ich für eine – wenn auch spät angesetzte – sinnvolle Siesta nutzen, mir ein schönes Plätzchen suchen und dort versuchen, ein Nickerchen zu vollbringen. Ich schalte in den Rückgang und mache flott eine Kehrtwende, solange mir noch niemand die Flucht versperrt und solange der gnädige Tag noch etwas Licht spendet.

Aus dem verregneten Morgengrauen ist jetzt ein wunderschön heller und noch angenehm junger Nachmittag geworden mit tiefer, klarer Weitsicht über mehrere Täler hinweg. Die noch vorhandenen Wolken werden zu rätselhaften Gestalten, wie in einem alten chinesischen Licht-und-Schatten-Theater tauschen sie ihre Körper in fließenden Bewegungen, Formen über Formen – von einer in zwei, von dreien zu einer: ein sehr dynamisches Wechselspiel von erzählenden Figuren, die irgendwo in der ferneren Erdatmosphäre leben und vielleicht nur in diesem Augenblick für uns

Reisende hier auf dieser Piste als freundliche Wiedergutmachung der vergangenen Strapazen existieren. Es zu sehen ist so wohltuend, dass ich fast vergesse, meine Siesta zu würdigen und mein Essen zu preisen, das im Augenblick einem russischen Menü „nach Vitalis Art" entsprechen könnte: Es besteht aus etwas Brot, einer sauren Gurke und den Altbeständen gestriger Wurst. Mein guter Freund Vitali würde sicher noch Marmelade in Schwarztee als Nachtisch empfehlen – auf diese werde ich nun verzichten. Stattdessen schließe ich einfach kurz die Augen und schlafe ein wenig, wir wollen ja nicht unbedingt dem blechernen Drachen in die Quere kommen.

Als ich nach großzügiger Pause später in der Dämmerung die Scheinwerfer des Wagens anleuchten ließ, war es in der Gegend bereits ruhig geworden, nur mein Diesel mit seinen hundert Pferdestärken zog eine leise klickende akustische Spur, die der sanfte Wind überall gleichmäßig verteilte. Ich fuhr und stellte zu meiner Freude fest, dass das blecherne Ungeheuer auf lange Sicht verschwunden war: Freie Fahrt für alle und alles! Mir war natürlich trotzdem klar, dass unter den gegebenen Umständen, bei aufgeweichten Fahrwegen während der Nacht die planmäßige Ankunft bei Rainer und dessen Unternehmen so gut wie unmöglich geworden war. Die Geophysiker müssten auf ihre Ersatzteillieferung nun also leider etwas länger warten. Da wir aber auf dem südamerikanischen Kontinent unterwegs sind und ich mit dem Rainer zusammenarbeite, ist unsere Welt immer noch in Ordnung.

Mit praktischem Allrad komme ich sehr gut voran: Dieser Antrieb vermittelt einem Fahrer zuverlässigen Griff, deutet aber gleichzeitig auch auf die allgegenwärtig vorhandene Fürsorge unserer Mutter Gravitation hin, die mich zweifelsfrei auch ohne technische Unterstützung stets am Boden hält. So bestreite ich diese Strecke Meter für Meter, mal zügiger und dann wieder mit etwas Mühe, insgesamt jedoch recht angenehm. Die vor sich hin klickende Stimme des Diesels könnte jemandem den Eindruck vermitteln, sie würde unermüdlich in unterschiedlichen Tonlagen taumelnde Zaubersprüche rezitieren. Es ist ein Monolog, der in Begleitung sich abermals wandelnder, durch Scheinwerferlicht entstehender Schatten sich tief ins Bewusstsein prägt. Und je mehr Zeit vergeht, umso gefährlicher wird er, eindringlicher und wie eine Art aus dem Hintergrund heraus sich anschleichender Hypnose. Also dann – noch mehr Kaffee. Apropos Zeit, ein kurzer Blick auf die Uhr sagt alles: Es ist schon beinahe elf Uhr in der Nacht, demnach wäre es angebracht, während der nächsten Kilometer nach einer geeigneten Ecke Ausschau zu halten, wo ich sicher einparken und gemütlich übernachten könnte. Damit dies auch gelingt, sollten die Augen etwas offener bleiben – mein lieber Kaffee.

Gedacht, getan – und zwar so gut, dass ich plötzlich am Rande des Waldes etwas Seltsames bemerke, wobei ich mich selber am Ohrläppchen ziehen muss, damit mein strapazierter Wachzustand eine Bestätigung findet. Ich halte kurzerhand an, denn ich habe nicht vor, dieses Etwas oder diesen Jemand zu überfahren. So, nun traue ich aber meinen Augen nicht – dies scheint ein erwachsenes Faultier zu sein! Nicht irgendeines, sondern ein richtig imposantes aufrecht stehendes Exemplar. Es hält dazu noch einen kleinen, mit wenigen Blättern bestückten Ast – kauend in sich ruhend wie ein selbstbewusster, mit Stolz erfüllter Manager eines Unternehmens. Steht ungeniert einfach da und beachtet mich zunächst gar nicht! An dieser Stelle frage ich mich: *Nun ja – was soll ich denn damit anfangen?* Eigentlich habe nicht die Zeit und Lust, mit Forschungen zu beginnen; ich bin schlicht zu müde und möchte geradewegs weiterfahren. Wie in den Boden festgefahren bleibe ich jedoch in sicherer Entfernung stehen und kann mich von diesem Sonderling in keiner Weise trennen. Nach mehreren Minuten wendet er das Antlitz in meine Richtung, ganz langsam – wie sich das für ein anständiges Faultier so gehört.

Dann schaut er mich direkt an, natürlich weiter kauend. Ich beuge mich nach vorne, mit dem Kurs auf die Windschutzscheibe, um den Sonderling genauer anzusehen, und sage leise vor mich hin: „Was guckst du so?" Er steht jedoch immer noch weiter kauend da. Der Wind weht jetzt unerwartet etwas kräftiger, die frische Luftbrise scheint dem lebenden Original zu gefallen – sie bringt ihn anscheinend auf andere Gedanken, da er nun wacher wirkt. Anschließend, noch bevor ich es denken kann – husch! Das Tier ist weg, in den tiefen Wald hineingetaucht – einfach so, was einem echten Faultier nicht ähnlich wäre. *Nun, somit hätte sich diese etwas seltsam anmutende und zumal kniffelige Situation von sich aus vereinfacht*, denke ich mir – *und weitere damit zusammenhängende fragwürdige Eventualitäten bleiben mir daher vom Leibe. Vermutlich werde ich mich in der Zukunft fragen, ob meine Wenigkeit zu diesem Zeitpunkt im wachen Zustand gefahren ist und nicht womöglich einem seltenen Traum verfallen. Tja, es ist wirklich an der Zeit, den kuscheli-*

gen Schlafsack aufzusuchen.

Für das Biwak finde ich glücklicherweise recht schnell ein Stückchen für die Übernachtung gut geeigneter Fläche. Windgeschützt, leicht schräg angelegt und mit weichem Untergrund – so ließe sich dem Wunsche nach perfekt entspannen. Wenn nicht die altbekannten winzigen, feuchten Regentropfen wären: zunächst einzeln, zuweilen paarweise und zu guter Letzt in ganzen Horden auf mich niederprasselnd. Jemand hat einmal gesagt: „Während es regnet, wird die uns umgebende Luft im positiven Sinne deutlich anders. Die Menschen erlangen zurück, was sie an vitalen Kräften verloren zu haben scheinen. Sie kommen auf viele neue Ideen, blühen richtig auf, finden besser zueinander und genießen das Leben." Ich denke mir: *Demnach müssten alle Briten sehr glücklich sein, oder?* Wie auch immer, was mich momentan betrifft, so würde mir in diesem Augenblick eine trockene und sternenklare Nacht besser tun – auch, weil ich, nebenbei bemerkt, noch nicht gekocht habe.

Mein Zeiteisen schlägt genau 0:00 Uhr, im Schlafsack sitzend warte ich noch ein wenig auf die Nudeln, auf das von innen wärmende Minigericht – liebe weiche Nudeln. Und wenn man so in die laut zischende Flamme des Benzinkochers schaut, wie sie dem Benzin gierig seine Energie entzieht und es dabei vergehen lässt: *Gnädiger Sauerstoff, wie schön, dass es dich gibt! Ohne dein Dasein hätte ich nicht leben können, mit jedem Atem danke ich dir – das Feuer.*

Während der Mahlzeit überlege ich noch laut, ob die kommende Strecke im nassen oder im trockenen Umland gefahren, gegebenenfalls auch mit einer sinnvollen Abkürzung reduziert werden könnte, da ich wirklich etwas schneller vorwärtskommen sollte. Laut meiner Landkarte wäre es denkbar, nahe einer stillgelegten Mine abzubiegen und den Weg über einen echt interessanten grünen Pass zu wagen. *Die Brücke dort wird zwar nicht mehr gewartet, ist demnach gruselig rostig und sicher uralt – trotzdem fahren aber hin und wieder sogar größere Laster darüber, die laut Erzählungen auch bei späteren Touren in einem ganz passabel wirkenden äußeren Zustand wieder gesichtet werden. Diese Tatsache ist eventuell für ein gewisses Gefühl der Sicherheit nun unentbehrlich. Und die einmalige Umgebung dieser Piste mit all ihren Aussichtsmöglichkeiten ist einfach nur wunderschön. Ich denke, damit ist die Wahl der Abkürzung getroffen.* Ich lege mich gemütlich hin, schließe genussvoll die Augenlider, suche noch einer für den Körper optimale Lage und bin bereit für die Nacht. Doch ausgerechnet jetzt, wie eine hungrige Maus auf Futtersuche unruhig mit ihrer Nase hin und her schnüffelnd, hält mich ein einziger Gedanke von den Träumen fern – das Faultier!

Als ich am darauf folgenden Tag im Morgengrauen den im Tal leicht schwebenden Nebel sehe, ist die Außenluft vertraut frisch und feucht, mit einem würzigen Duft der hiesigen Pflanzen gesättigt. Oberhalb der Baumkronen scheint rot-golden die Sonne langsam ein wenig heraufzusteigen. *Dieser Aufgang verspricht etwas Wärme für den Tag,* denke ich mir.

Noch alles ordentlich verstauen, die Halterungen der Ladung hinten überprüfen und es kann weitergehen – wird sogar denkbar, dass ich am späten Abend schon den Geophysikern Gesellschaft leisten und über Rainers lustige Erzählungen lachen kann – vorausgesetzt, mein stets treuer Freund, der Regen, wird sich mit seinen zahllosen und sicherlich der gütigen Natur zur Liebe fallenden Tränen heute ausnahmsweise etwas zurückhalten können. Und während der Diesel weiterhin vor sich hin klickend taumelt, halte ich Ausschau nach der für mich relevanten Abfahrt, weil diese ziemlich unauffällig ist und so manchem Vorbeifahrenden verborgen bleibt. Es wäre schade, die geplante Abkürzung zu verpassen – und wer zu spät kommt, den bestraft das Leben, besagt ein Sprichwort. Damit wäre in diesem Fall das als Begrüßung meiner Auftraggeber in Aussicht gestellte Glas Rotwein gemeint – mit Schafskäse, Brot und Schinken. Diesen Genuss will ich mir nicht entgehen lassen. Es ist amüsant, sich jetzt vorzustellen, wie alle beteiligten Personen mit ihren lila gefärbten Lippen und Zähnen wie auch den gläsernen Augen – etwas durch die Gegend wackelnde Gestalten – herzlich lächelnden fremden Wesen gleichen. Nun, dies wäre laut Wissenschaft ein Beitrag zum Thema „freiwillige Zerlegung der eigenen grauen Zellen": Alkohol ist ein gefährlicher Zaubertrank. Und so ist auch mein Dieselmotor, der taumelnde mit seinen Zaubersprüchen, eigentlich konstant beschwipst.

Glücklich gelang es mir irgendwann auch, die richtige Abzweigung zu erkennen; ich bog ab und konnte entspannt ein paar weiteren Kilometern folgen, diesmal bei aufgedrehtem Radio, einer wunderbaren Errungenschaft der Ära „Mensch". Aus größerer Entfernung konnte man bereits die besagte Brücke leicht erkennen, sie spannte zwischen den Felsen ihren elegant gezogenen Bogen und wirkte in warmes Licht getaucht vertraulich sicher, geradezu zur Überfahrt einladend.

Bevor ich einen weiteren Blick werfen kann, bekommt mein Wagen einen kräftigen Ruck von der rechten Seite! Zunächst treffen mehrere Steinschläge gleichzeitig das Blech und in den darauf folgenden Sekunden werde ich plötzlich von einem heftigen Erdrutsch erfasst – kann nichts mehr tun. Der Wagen wirkt wie ein Geschoss, das schräg in Abwärtsrichtung fliegend, dann mit schnell ansteigendem Geräusch die Baumwipfel rasiert. Ich falle. Weil ich mit verkrampften Händen mein Gesicht zu schützen versuche, kann ich nur hörend wahrnehmen, was die physikalischen Kräfte aus dem Wagen holen, wie sie gierig an Materialien reißen, sie genussvoll quetschen – sich immer eindringlicher dem Körper nähernd, in Sekundenschnelle. Mein kleines Gehäuse bleibt unerwartet zwischen Ästen hängen. In grünen Tönen, von umherflatternden Pflanzenresten eingeschlossen, bewegt sich die Masse ruhig und sanft nach vorne und deutet langsam, aber sicher auf drohende Gewichtsverlagerung hin. Nicht zu meinem Vorteil, wie sich herausstellt, denn in sichtbarer Nähe erkenne ich eine steinige und nur karg mit Bäumen bedeckte Fläche, die deutlich abschüssig und schräg nach unten führt, Unangenehmes ankündigend in den danach liegenden Metern. Mal schnell reflexartig zum Sicherheitsgurt gegriffen, nach der Türklinke gesucht – als ob ich gerade einfach so aussteigen dürfte. *Blöder Gedanke.* Ich bin mir nicht sicher, ob es viele Sekunden sind – auf jeden Fall vergeht keine Minute, bis sich der Wagen in Bewegung setzt, der angespannte Körper wieder permanent aggressiv greifenden Geräuschen ausgeliefert ist, dem Zerfall näher als dem Leben. Erneut geht die Reise in einen kurzen und leisen Flug über – wieder in grüne Blätter breiter Baumkronen, wieder zahllose Schläge von überall. Hier ist Schluss – Blackout.

In der Zwickmühle
❆

Das Gefühl für räumliches, zeitliches oder auch nur bedürfnisorientiertes Denken ist momentan nicht vorhanden. *Einfach da sein – oder vielleicht auch nicht da sein? Bin ich etwa tot? Und wenn ja, wieso noch hier liegend?* Zunehmend bemerke ich, wie realistisch die Erdanziehung nach mir sucht, mir meinen eigenen Körper mit all seinen Gliedmaßen schnellstens vorzustellen wünscht. Die Augen möchte ich trotzdem vorläufig geschlossen halten, in vorsichtig stillschweigendem Zustand – *bloß nichts falsch machen!* Der äußeren Welt bin ich wohl im Wege, ich bemerke nämlich blitzartig einen winzigen brennenden Biss auf der Lippe und diesem folgen andere auf Ohr und Backe. Mit einer mutigen Hand hoch zum Gesicht und – es sind erfreulicherweise nur hungrige Ameisen. Sich an direkter und zwickender Gesellschaft dieser Wesen zu erfreuen ist vielleicht selten, doch unter den gegebenen Bedienungen vermitteln sie mir das Gefühl, immer noch bei den Lebenden zu hausen, am täglichen Wahnsinn des Daseins teilhaben zu können. Mein offenbar noch relativ intakter Körper braucht dringend Flüssigkeit und mit dem Willen, ihn behutsam zu bewegen, schaffe ich es, mit Tunnelblick einen in unmittelbarer Nähe vorhandenen Wasserlauf anzusteuern, mich langsam dorthin zu schlängeln und dann viel zu trinken. Wahrscheinlich weil die Sonne so angenehm wärmt, schlafe ich sogleich sorglos ein.

Als mich beruhigend rauschende Geräusche des Waldes wecken, liege ich entspannt auf weichem Sandboden, offenbar auf einer Lichtung, mit vorüberziehenden Wolken über mir. Ich denke mir: *So stellen sich vielleicht manche Menschen das Paradies vor.* Doch dann drehe ich mich vom Rücken auf den Bauch, schärfe meinen neugierig suchenden Blick nach vorn und bleibe mit ihm an einem groß wirkenden Schatten hängen. Sekunden müssen vergehen, bis mein Verstand den Augen Glauben schenken kann: *Vor mir steht ein Faul-*

tier!? "Was guckst du so?", sagt diesmal das Faultier nach geringer Zeitverzögerung zu mir. Es steht ruhig wie auch scheinbar sehr genüsslich kauend da, mit einem Ast fest im Griff. Mir bleibt nichts anderes übrig als mich wieder am Ohr zu ziehen, um das Bewusstsein wachzurütteln. *Es ist wahrscheinlich der Sonderling von gestern*, denke ich. Ich rappele meinen schlappen Körper ein wenig höher auf – bekomme nämlich das Gefühl, der eigenen Präsenz etwas mehr Glanz verleihen zu wollen, so als wenn wir uns jetzt gegenseitig vorstellen müssten. *Unglaublich, aber wahr! Nun, wenn Tiere schon mal reden, dann sollte ich hier auch etwas fragen können und ich wünsche mir, eine vernünftige Antwort zu bekommen, bitte! Es ist immerhin ein Versuch, auf irgendeine Art wach zu werden und endlich die ganze suspekte Situation sachlich, mit gesundem Menschenverstand aufzuklären.*

Bevor es mir gelingt, für die erste Frage den Mund richtig aufzusperren, sagt das Faultier im schnellen Satz: "Ich heiße Ernesto. Und wie kommst denn du eigentlich hierher?"

Ich antworte etwas verlegen: „Also, ehrlich gesagt: nicht, weil ich dich aufsuchen wollte. Sagen wir, ich bin einfach von dort oben heruntergefallen. Und man nennt mich Enno."

„Es freut mich, dich kennenzulernen, Enno." Nach einer Weile spüre ich wie schon früher die heranziehende, sich leicht frisch anfühlende sanfte Windbrise, die möglicherweise ein Anzeichen dafür ist, dass unser Freund, das Faultier, in Handumdrehen wieder verschwindet. *Einfach so, ich brauche nur einmal die Augen zu schließen, bis zehn zu zählen: … 7 … 8 … 9 … 10.* Ernesto ist aber nach wie vor da. Er grinst mich an, setzt sich wackelnd auf den Sand und spricht: „So, ich stelle mir jetzt vor, wie sehr enttäuscht du möglicherweise bist. Einen wie mich hättest du dir lieber ausgedacht, stimmt's? Aber, aber, so ernüchternd es für dich auch klingen mag – ich könnte mich jetzt beim besten Willen nicht wegrationieren – nee, nee, nee. Hier bin ich die Realität." *Und was soll ich denn bitte davon halten? Zumindest vorläufig die Ruhe bewahren – der Situation angemessen irritiert sein kann ich auch später.* Erst in diesem Augenblick fällt mir auf, dass es in der sichtbaren Gegend gar keine, auch nicht die geringsten Spuren meines Wagens gibt und auch nichts von der Ladung vorhanden ist – ebenso keine merkbaren Schäden an den umliegend wachsenden Pflanzen zu entdecken sind. Abgesehen davon ist meine Wenigkeit echt unverletzt hierher befördert worden. Alles ziemlich verdächtig, finde ich und werfe sofort einen nachdenklich fragenden Blick zu Ernesto hin. Er sitzt nämlich weiterhin herzlich grinsend da, kaut und wackelt vor sich hin. Also starte ich noch einen Versuch, etwas zu erfragen: „Ernesto, mich freut es auch sehr, dich kennenlernen zu dürfen. Ich muss jedoch ehrlich zugeben, dass ich etwas verwirrt bin, denn die ganze Angelegenheit scheint mir nicht greifbar, sie entzieht sich meiner gewohnten Wirklichkeit. Könntest du mir hier ein wenig Klarheit schenken?"

„Nun ja, es ist tatsächlich ein bisschen kom-

plizierter. Ich meine, du bist aus einer Dimension herausgeschleudert worden und in der dahinter liegenden nicht angekommen. Man könnte sagen, einfach zwischen zwei Welten steckengeblieben. Dass wir uns hier begegnen, ist aber, wie ich zu glauben meine, kein Zufall."
Das darf nicht wahr sein, ich hänge irgendwo dazwischen – schon wieder! Das soll er am besten meinem Auftraggeber erklären. Und geholfen ist mir mit dieser Ankündigung auch nicht – im Gegenteil: Dieses Abenteuer wird von Minute zu Minute skurriler. Das Netz aus grauen Zellen mit ihren Verbindungen in meinem Kopf wird dichter und dichter, aussehend wie der Urwald um uns herum: scheinbar chaotisch, geheimnisvoll und gefährlich. Ernesto ist wahrscheinlich in der Lage, mit jedem seiner Sätze eine neue Überraschung auf den Tisch zu legen und mich mit meiner Skepsis immer am Ausgangspunkt zu halten. Und als ob er meine Gedanken lesen könnte spricht er, bevor ich eine Frage formulieren kann: „Dich wundert es unter anderem sicherlich auch, dass wir trotz unterschiedlicher Artenher-

kunft miteinander kommunizieren und uns prächtig in einer gemeinsamen Sprache verstehen können, was zugegebenermaßen – und, wie ich finde, leider – sehr selten in einer gewissen Wirklichkeit auf unserem Planeten anzutreffen ist. Nun, da wir uns gegenwärtig jedoch im Genuss dieser Tatsache zu befinden scheinen, werde ich dir ein paar interessante Details erklären. Als Erstes würde ich gerne erwähnen, wie bemerkenswert friedlich die Umgebung hier ist – unser aller Zuhause, ein ganz besonderes Daheim. Vor langer Zeit, vor unglaublich langer Zeit, hat es hier nämlich eine raumzeitbezogene strukturelle Veränderung gegeben, die für uns hier lebenden Wesen wahrlich bis heute einzigartig ist. Ein winziger Teil eines Meteoriten fiel vom Firmament herunter und brannte sich in den hiesigen Boden ein. Er brachte Eigenschaften mit sich, die uns hier Hausenden, glücklich machen. Wir können zum Beispiel unter bestimmten Voraussetzungen die Dimensionen wechseln und von einer in die andere schlüpfen, da sie ähnlich wie unzählige aneinandergrenzende Bläschen im Schaum aufgebaut sind und direkt nebeneinander in vielen verschiedenen Größen koexistieren. Man spaziert einfach in eine andere Welt hinein und kommt wieder zurück oder aber es geht über mehrere Dimensionen weiter. Wer diese Türen aufzustoßen wünscht und diese Gänge für bestimmte Zeit offenhalten möchte, der setzt sich zunächst unbedingt der kräftigen Wirkung eines Pilzes aus. Das ist sehr interessant und spannend in den Folgen, wie von unseren mutigen Ameisen beschrieben wurde. Sie waren die Ersten von uns, die es – wohlgemerkt zufällig – ausprobieren durften. Du, Enno, hast dich allerdings durch den Unfall und ohne die Hilfe des Pilzes zum Wechsel der Welten aufgemacht. Und weil du auf dem Weg in die nächste Dimension in Berührung mit unserem örtlichen, sehr spezifischen Raum-Zeit-Gefüge kamst, wurdest du aus dem natürlichen Gleichgewicht gestoßen: Der Übergang bleibt für dich scheinbar versperrt – daher musst du jetzt zwischen zwei Ebenen weilen, bist weder tot noch lebendig und hängst einfach dazwischen." *Wie erfreulich! Bin ich vielleicht ein seltenes Gespenst?* Mit freundlichem Lächeln schließt Ernesto seine Ausführung – hoffentlich nur vorläufig, da ich mir noch mehr zu erfragen wünsche. Zum Beispiel, warum ich Kälte spüre. Der Tag neigt sich nämlich seinem Ende zu und es ist zwar noch relativ hell, die Umgebungstemperatur sinkt aber doch zunehmend, es wird richtig frisch hier draußen. Die nächste Frage wäre, warum mein Magen knurrt. Ich habe Hunger – und das, obwohl ich angeblich meine Dimension verlassen habe, zu einem Gespenst, einem Geist oder was auch immer geworden bin. Und müde bin ich auch noch. Wenn ich Ernestos Erklärung aufmerksam folge, dann hätte ich streng genommen sterben müssen, wäre ich mit meinem Wagen an einem anderen Ort verunglückt. Meine bescheidene Wenigkeit wäre dann unter Einfluss der bekannten Kräfte aus der mir vertrauten Dimension der Lebenden direkt und auf dem schnellsten Wege in die nächste Dimension hineingestürzt. Für die mir bekannten Menschen müsste ich somit als „Toter" gelten – schlicht und einfach. Und sicherlich hätten Ernesto und ich uns dann gar nicht kennenlernen können. *Ich bin neugierig, wie sich die Vertreter der heutzutage agierenden Weltreligionen mit meiner gegenwärtigen Situation auseinandersetzen würden. Was würden sie als „wahr" empfinden mögen? Ich denke, es gibt zahlreiche Wissenschaftler, die in Bezug auf mein kleines Problem schon so manche glaubhafte Theorie entwickelt haben und von ganz ähnlichen Möglichkeiten und Eigenschaften des uns begreifbaren wie auch unbekannten Universums sprechen. Physiker, Astrophysiker, Mathematiker – oder aber Künstler, die unser gewohntes tägliches Leben aus anderen Perspektiven und in oft sehr abstrakt wirkenden Sichtweisen zu betrachten pflegen. Und wahr ist aber sicher auch, dass anders denkende Menschen, die zunächst verwirrend klingende Zusammenhänge präsentieren und exotische Theorien aufzustellen wagen, sich anschlie-*

ßend alle den zugeworfenen kritisch-feindlichen Blicken der in allgemein geltendem Glauben verankerten Menschen aussetzen müssen. Hätte ich meine Geschichte im mittelalterlichen Europa erzählt, wäre mir wahrlich der Scheiterhaufen zugesprochen worden. Welche Freude, im einundzwanzigsten Jahrhundert leben zu dürfen – oder vielmehr: wie schade, dort nicht mehr leben zu können. Wie auch immer – ich hänge noch immer in diesem „Dazwischen".

Entspannende Aussichten
✳

Ernesto sieht mich so auf seine besondere Art an und hört augenblicklich auf, zu kauen; er stellt sich gerade vor mich hin und meint kurzerhand: „Es wird Nacht. Enno, ich lade dich zu mir in die Baumkronen ein. Wir müssten allerdings schon etwas klettern bis zum Nest, es ist für dich aber sicher lohnend, dort zu übernachten. Versprochen ist dir hiermit ein wunderschöner Sonnenaufgang. Nur sei bitte vorsichtig, denn dein jetziger Körper weist noch einen großen Teil der menschlichen Befindlichkeiten auf – seine Sinne werden dir jetzt nur eingeschränkt ihre Dienste leisten. Ich rede vom Gefühl für Schmerz, Müdigkeit und Hunger, von Sehen, Schmecken, Tasten und so weiter. Du solltest beim Klettern lieber nicht stürzen: Kannst zwar nicht sterben, es wäre aber eine ziemlich schmerzhafte Erfahrung."

„Ernesto! Dein Vorschlag hört sich gut an, mir ist tatsächlich recht frisch geworden und das mit dem Emporsteigen ... nun, du als Faultier hast da bestimmt sicherheitsrelevante Vorteile – lass uns also nicht allzu sehr hasten, ja?" Dabei denke ich jetzt an meinen Allradantrieb, den Geländewagen: *Gäbe es so etwas doch auch für das Baumkraxeln!* Was mir angenehm scheint, ist Ernestos Tempo: eine sehr gelassen anmutende Wanderung von Ast zu Ast, bedacht greifend, mal hier und dorthin schauend, ohne jede Eile. Auf diese Weise könnte ich mich sogar ganz ruhig in seine entgegenkommende Obhut hüllen – wenn nicht die rasch zunehmende Dunkelheit wäre. *Ich hoffe, wir erreichen sein Nest noch heute.*

Während ich mich oben im recht gemütlichen Anwesen hinsetzen darf, zugleich von der beeindruckenden Bauart und einer interessanten Ausstattung des Häuschens richtiggehend begeistert bin, sitzt Ernesto schon vor mir in einer Ecke, er hat wohl seinen bevorzugten Platz bezogen und sich zufrieden in eine ovale, aus Baumrinde kreierte Schale eingekuschelt. Aus einem winzigen Täschchen nimmt er eine kleine Kapsel heraus, zerdrückt sie behutsam in der Hand und pustet daraus einen staubähnlichen Inhalt in den Raum. Dann lehnt er sich genüsslich zurück. Plötzlich wird es still um mich herum, als wenn die Substanz sämtliche nahen Geräusche in sich eingesaugt hätte. Der Körper entspannt sich leicht, ein warmes Gefühl der allgemeinen Zufriedenheit ergreift mein Wesen, es geht mir wirklich gut. Ernesto sagt: „Dies ist ein Teil der Meteoritenerde." *Ob ich mir gegenwärtig noch mögliche Auswege aus dem gegebenen, für mich existenziell wichtigen Dilemma vorstellen mag? – Tja ...* Mir wird bewusst, wie lang der Tag gewesen sein muss, denn während dieser begrenzten Zeit ist doch so viel Merkwürdiges passiert. Ich weiß nicht genau, wie, doch irgendwann in der Nacht schafft es der Schlaf, sein schützendes Gewand über mich zu legen und ich schlafe bis zum Morgengrauen lange und tief.

Ehrlich, es ist nicht leicht, danach beim Hellwerden wach zu werden, echt nicht –

habe nämlich begründete Bedenken davor, mich der Realität zu stellen, weil es vielleicht schwierig werden könnte, zu entscheiden, was die Realität denn „in Wirklichkeit" ist. Diesen Gedanken folgend, spüre ich, wie etwas Stockähnliches an meinem ungekämmten Haar vorübergleitet, mache die Augen auf und sehe: Ernesto hockt da mit seinem Ast in der Hand und versucht offenbar, mich wach zu bekommen. Dann deutet er mit ein wenig didaktischem Blick auf die draußen gerade aufgehende Sonne. Ich stehe auf, bewege mich zum Eingang seiner Hütte und bleibe plötzlich wie vom Blitz getroffen stehen: Eine derart wunderschöne Sonnenscheibe würde ich mir nicht im Entferntesten vorstellen können: Ein Antlitz, wie es von NASA-Observatorien schon im Detail beobachtet wurde. Die gesamte Fläche unseres Zentralsterns leuchtet und flimmert jetzt vor mir, von Rot über Orange bis Gelb, in unglaublicher Größe und trotzdem nicht blendend hell, nicht heiß. Deutlich nehme ich die sogenannten Sonneneruptionen mit ihren Windfahnen in ihrer unzähmbaren Dynamik wahr. Mit freundlich wirkender Wärme strahlend, vermittelt die Sonne einen sehr vitalen Eindruck. Ich gestatte mir, laut zu denken und sage euphorisch zu Ernesto: „Sie lebt!"

„Ja, ja ... Na und ...", sagt eine etwas gelangweilt klingende Stimme aus dem Hintergrund, wohl von meiner Bemerkung überrumpelt. Ich drehe mich schnell um und sehe niemanden außer Ernesto, bin mir aber sicher, eine fremde Stimme gehört zu haben.

„Ich heiße Clavius und das ist mein Bruder Lilius", höre ich erneut den aus der Tiefe des Raumes kommenden Satz. Ernesto zeigt mit seinem hölzernen Stöckchen auf einen unscheinbaren, am Fenster stehenden Tisch und sagt lächelnd: „Die beiden kennst du bereits. Aus ihnen hättest du gestern beinahe die Seelen herausgequetscht, während sie deinen schläfrig auf dem Waldboden liegenden Körper überqueren wollten. Wäre ein Jammer gewesen, die beiden kenne ich nämlich schon seit Langem. Gute Freunde sind sie mir geworden."

Ich nähere mich dem Tisch, beuge mich über ihn und bin schon wieder sehr verblüfft. „Unfassbar! Es sind Ameisen! Heiliger Strohsack, sie können reden?" Ernesto erklärt: „Lieber Enno, ich weiß, du hast dich in gewisser Weise unfreiwillig hierher verflogen. Uns ist ebenso klar, dass vieles an diesem Ort dir fremd und bizarr erscheinen mag. Du könntest dich aber vielleicht doch langsam daran gewöhnen, dir seltsam Vorkommendes, gar unmöglich Erscheinendes als ‚normal' zu betrachten, denn um nüchtern überlegen zu können und alle möglichen für eventuelle Lösungen in Frage kommenden Optionen in Betracht zu ziehen wäre dies die Voraussetzung für dich und den ‚Fall' deines Wesens."

„Ich stimme dir zu", pflichtete ich ihm bei. „Mich zunehmend auf das Wesentliche zu konzentrieren, wäre wohl wirklich angebracht und notwendig. Mein ungläubiges Staunen hängt sicher damit zusammen, dass ich einfach keine Erfahrung im Umgang mit solcher Art von Besonderheiten habe, die noch dazu in dieser stets neuen und wechselnden Intensität aufkommen. Für den gewöhnlichen Menschen – nun ja, für einen inzwischen ehemaligen Menschen wie mich – sind dies Momente, die seltenen und wunderbar phantastisch anmutenden Bildern gleichen. Lieber Clavius, lieber Lilius – ich bitte um Verzeihung, wenn ich euch mit meinem ungläubig schroffen Blick verstört haben sollte. Ich freue mich wirklich aufrichtig, euch kennenlernen zu dürfen."

„Uns freut es auch. Wäre echt schade und doof, wenn du uns gestern zerrieben hättest."
Ich glaube, ich bin rot im Gesicht geworden. Die beiden Brüder grinsen freundlich und Ernesto lächelt charmant. Dann krabbeln Clavius und Lilius auf seine Hand und wir gehen alle gemeinsam aus der Hütte hinaus, steigen über vielerlei Äste in den Wald hinunter, dessen mit weichem Humus dicht bedeckter Boden gerade eben den feuchten Nebel verabschie-

det hat. Die Luft ist jedoch immer noch mit Nässe durchtränkt, als ob sie gleich mit leichtem Nieselregen tränen wolle. Mit tiefem Atem hole ich mir den beinahe flüssigen Duft der Pflanzen in meine Lungen hinein wie einen mit Morgenfrische gesättigten Extrakt, tief atmend – ein und aus. Wir sammeln hier und dort mehrere Früchte, setzen uns am nahen Flussufer nieder und frühstücken ganz natürlich – ganz ohne ungewöhnliche Mimik, mit unerwartet großzügig aufkommender Gelassenheit meinerseits.

„Weißt du, Enno", sagt mit leiser und nachdenklicher Stimme zum anderen Ufer blickender Ernesto, „ich stelle mir jetzt vor und spüre es auch, dass du sicher gerne zu deinen Freunden und Mitmenschen zurückkehren möchtest, so wirklich zu den sogenannten Lebenden. Doch was wir in unserer Gegend tun, wenn wir eine Dimension zu wechseln wünschen, funktioniert in deinem Falle leider nicht. Den besagten Pilz aus unserem Wald kannst du nicht nutzen, denn aus deiner alten Welt bist du durch einen Zwischenfall ausgeschieden, somit bliebe dir der direkte Weg zurück der Regel nach versiegelt. Und selbst wenn es dir möglich wäre, mit der Wirkung des guten Pilzlebewesens die nächstplatzierte und deren benachbarte Dimension zu begehen, sogar in weit entlegene Regionen zu gelangen, so würde die Wirkung sicher irgendwann ihre Kraft verlieren und du würdest dann auf einer dir unbekannten, womöglich gefährlichen Ebene steckenbleiben – ohne die wohltuende und wichtige Aussicht auf die richtige Richtung, um später auf deine Welt stoßen zu können, was sicher traurig wäre. Wir sollten für dich, Enno, also eher nicht den Zauber des Pilzes nutzen sondern lieber eine alternative Variante wählen, damit dein Wesen in die alte Schale schlüpfen kann. Wir sind dann aber trotzdem gezwungen, eine in der Zukunft und über mehrere Umwege verlaufende Reisestrecke auszusuchen – sie wäre für dich hoch wahrscheinlich mit unübersichtlichen Situationen und risikoreichen wie auch viel Geduld erfordernden Strapazen verbunden. Du könntest jedoch auf diese Weise aus einer anderen Richtung heraus kommend zurückkehren und schließlich deine Tür nach Hause öffnen. Nun, genau hier muss also eine Lösung her – und diese habe ich vielleicht bereits gefunden! Ich kenne jemanden, der deine ferne vorhandene Tür von der anderen, in der Zukunft liegenden Seite her aufschließen könnte, weil er sich niemals verläuft – er kennt nämlich sämtliche Wege. Dieses Wesen gehört zu der traumrichtenden Spezies, zu den wohltuenden Geschöpfen. Früher gab es mehrere von ihnen, mal hier und mal dort; über alle Kontinente verteilt waren sie relativ häufig vertreten. Sie sehen ungewöhnlich aus und sind sehr scheu, in ihrem Verhalten eben sehr spezielle Individuen – für die Menschen vollkommen unsichtbar. Nun ja, auch für uns sind sie manchmal kaum zu entdecken, da sie nicht jedem Träumenden ihre Präsenz zum Vorschein zu tragen wünschen. Unsere Region beglückt mit seiner Anwesenheit zum Beispiel der Guckelmuck, ein recht unkomplizierter und netter Typ, der, wenn es nötig ist, selbstverständlich, ja bedingungslos jedem hilft."

„Und du glaubst, Ernesto, es wäre mir demnächst unter Umständen möglich, ihn anzutreffen, um nach einer für mich in Frage kommenden Lösung fragen zu können? Weil ich gerade hier bei euch gelandet bin, stimmt's?"

„Ja, theoretisch ja." Ernesto grübelt ein wenig nach, nimmt noch ein Stückchen Obst zu sich, schaut zu den beiden Brüdern und fragt sie: „Was meint ihr denn dazu?" Clavius sitzt direkt neben seinem Lilius, gelassen drehen sie sich zu mir um und denken kurz nach. Dann spricht Lilius: „Ernesto hat Recht, wenn er sagt – theoretisch. Weil du eben weder richtig hier noch ganz drüben bist, eben zwischen den Welten hockst, gelten für dich, lieber Freund, zu jedem Zeitpunkt andere Regeln. Außerdem kann der Guckelmuck dich vermutlich gar nicht zu der erhofften Rückkehr führen, denn auch wenn er sich überall auskennen mag, bist du doch von sehr weit her gekommen, aus einem ziemlich fernen Land. Wirklich effektiv kann dir eigentlich nur in deiner heimischen Landschaft geholfen werden, wo dein inneres Wesen mit dem Herz zusammenwuchs. Und soviel wir wissen müsste dort ein anderer für die Träume zuständig sein." Mit leichtem Nicken stimmt anscheinend auch Ernesto der Aussage Lilius' zu. *Tja, das ist viel auf einmal – ich sollte mich jetzt vielleicht lieber auf mein Frühstück konzentrieren, die Gesellschaft meiner neuen Freunde und die Ruhe dieses Ortes genießen. Was später geschehen soll, wer weiß das schon? Ich schon gleich gar nicht.*

Seltsame Symmetrien
✳

Meinem Gedächtnis kann auch heute noch entnommen werden, dass ich im Kindesalter, wenn die Nacht zum Ausklang fand, mich an viele Träume aus dem Schlafe oft erinnern konnte, daher später diese auch im Detail erzählen mochte. Nicht selten kamen sie mir ziemlich surrealistisch vor oder ohne jeden Zusammenhang, einfach sinnlos. Doch manchmal waren welche dabei, die sehr präzise und auch real sich anfühlende Momente aufkommen ließen, mit spürbarer Intensität geladen und in der Lage waren, den tief schlafenden Körper zu bewegen, ihn im Geschehen aktiv mitzureißen. Alles fühlte sich echt an, als ob man zum gegebenen Zeitpunkt in einer anderen Welt lebendig wäre. Dessen nicht genug gab es zudem auch Situationen in der Realität, in denen mir plötzlich bewusst wurde, dass ich ihnen schon einmal in einer bestimmten Traumwelt begegnet war und die Orte, Menschen und Augenblicke mir nun als Déjà-vu erschienen. Damals kam mir all das recht unverständlich, geheimnisvoll und etwas seltsam vor. Ich überlegte mehrmals, warum es derartige Situationen gab und ob ich nicht womöglich zum Arzt müsste. Dann aber widmete ich mich umso mehr den Theorien, die sich eingehender damit befassten und von Begriffen wie Zukunft, Vergangenheit, Parallelwelten und so weiter prägnant dominiert wurden.

Eines Tages fragte ich beim Radfahren einen Jungen aus meiner Schule, ob er auch meiner Meinung sei, dass wir uns als Kinder an die Zukunft „erinnern" könnten, diese künftige Zeit in gewisser Weise sehen, und somit in der Lage wären, Ereignisse vorherzusagen. Er hielt mich schlicht für bekloppt. Ich habe noch versucht, zu erklären, dass ich das deshalb denke, weil es in der Zeit, wenn sie in eine Richtung verläuft, so etwas wie Vergangenheit, Gegenwart und die Zukunft gibt – und da wir uns an Vergangenes erinnern dürfen, müssten wir unter bestimmten Voraussetzungen auch die Zukunft sehen können, da es in der Natur ja so etwas wie Symmetrien gibt und alles ein Gegengewicht hat: Es gibt oben wie auch unten, links genau wie rechts, hell und dunkel, kalt und heiß und so weiter. Demnach könnte es auch eine negative Masse geben, weil ein Kilogramm Schokolade als symmetrischen Gegenpol ein „Minus"-Kilogramm haben sollte – oder? Dieser Junge, mit dem ich manchmal um die Häuser zog, – wir waren nebenbei bemerkt auch gute Freunde – sagte erneut, ich solle nicht so viel träumen und mich lieber heute noch für die Schulaufgaben in Mathematik interessieren. Anschließend dachte ich mir, seine Ungläubigkeit läge eventuell daran, dass ich mich eines unvorteilhaften Beispiels bedient hätte, denn wem gefällt schon ein „Minus-Kilo" Schokolade – oder anders ausgedrückt: ein Kilo Schokolade eben nicht zu haben. *Echt blöd*, dachte ich. *Ich sollte zum Beispiel besser über Stahl sprechen – über ein Automobil, das mit seinem neuartigen Material, einem Metall aus Negativmasse, anstatt zu fahren in der Luft schweben könnte. Das müsste zum schlagenden Argument werden können!* Als ich am selben Tag mit den Schulaufgaben fertig war und am Abend noch am offenen Fenster saß, um etwas frische Luft zu schnappen, da dachte ich plötzlich, vielleicht einen Herstellungsort für die „Masse" gefunden zu haben: Diese Produktion könnte meiner Ansicht nach einem sogenannten schwarzen Loch zugeschrieben werden, von denen es einige in unserem Universum geben sollte, wie man aktuell zu sagen pflegte. Ich stellte mir vor, dieses Loch würde alles uns Bekannte in sich hineinschlucken, jede Menge an Materie – sowohl der sichtbaren als auch der unsichtbaren. Alles würde eingesaugt und komprimiert, verzehrt und in kleinste Elemente zerlegt, danach am anderen Ende hinausgepustet – wo sich die unendlich winzigen Teilchen sehr rapide entspannen könnten und expandierend sich neuartig zusammensetzen dürften. Auch hier wäre das besondere Gleichgewicht erkennbar, indem aus der positiven Masse vor dem schwarzen Loch auf dessen Rückseite unsere negative Masse entstehen würde. *Nun ja, irgendwie ganz verdrehtes Allgemeinwissen*, dachte ich mir dann und fragte mich, ob es wirklich sinnvoll wäre, dies meinem Freund morgen in der Schule zu erzählen – eine sehr fragliche Geschichte. Und gegenwärtig, viele Jahre später, sitze ich hier am anderen Ende der Welt als Erwachsener, von saftiger Natur umgeben am Ufer und bin mit einer unglaublich scheinenden, ziemlich phantastisch anmutenden Wirklichkeit konfrontiert. Ich würde mich freuen, heute den Gesichtsausdruck meines Freundes von damals sehen zu können, wenn er die drei mit mir genüsslich speisenden, freundlichen Gestalten erblicken und sie sprechen hören dürfte. Wäre toll, ihm leise ins Ohr hinein flüstern zu können: „Ich bin es, Enno. Weißt du noch? Und, nein – du träumst jetzt nicht, mein lieber Freund."

„Die Sonne, der uns allen zum Wohle strahlende Stern, scheint etwas höher zu stehen, es ist warm geworden – also sollten wir von hier weg, uns ein wenig fortbewegen", sagt auf einmal Ernesto und steht seiner eigentümlichen gemütlichen Art gemäß nur sehr langsam auf. Und als er dann mit dem pelzigen Körper reckend und streckend in die Vertikale gekommen ist, gähnt er noch laut. Wie ich sehe – und wen wundert das? – machen ihm die Brüder jede Bewegung, allerdings deutlich schneller, exakt nach. Lilius blickt zu mir hoch und fragt in einem etwas frechen Ton: „Ist was?" Also tue ich so, als ob ich diese Gymnastik jetzt auch mal nötig hätte, auch wenn mir eigentlich schon der lange Weg von Ernestos Hütte, über viele Äste herunterkletternd, recht gute Gelegenheit geboten hat, die meisten meiner Muskelpartien erfolgreich dehnen zu können.

Als wir dann so weit sind und den sonnigen Platz verlassen möchten, frage ich noch geschwind, ob es für heute noch größere mit mir zusammenhängende Pläne gebe und ich sie, meine Freunde, hier nicht zufällig störe. *Nun, es könnte ja sein, dass Ennos ehrlich unbeab-*

sichtigte Anwesenheit für sie eine Art anstrengende Überraschung ist, denke ich mir. Clavius sagt aber: „Du bist keine Last für uns – im Gegenteil, wir mögen dich und sind daher bereits auf der Suche nach dem Guckelmuck, der sicher einen guten Rat für dich hat. Ihn zu finden könnte allerdings ein bisschen Zeit in Anspruch nehmen, weil er in den letzten Jahren sehr beschäftig war, auch heute noch regional bedingt viele Träume richten muss, daher sehr häufig unterwegs ist."

„Aber keine Sorge, es gibt gute Chance, ihm sogar am heutigen Abend noch zu begegnen, weil ich nämlich weiß, wie man ihn hierher rufen kann", meldet sich kurz Ernesto. Mir fällt ein gewichtiger Stein vom Herzen, da ich mir sehnlichst eine Lösung meines Falles wünsche.

„Ich habe dir zu Beginn unserer Begegnung von dem besonderen, mit wirklich speziellen Eigenschaften ausgestatteten Meteoriten erzählt, der das Leben hier so einzigartig für uns macht", fährt Ernesto fort. „Weißt du, genau an dem Ort, wo er in den Boden eingedrungen ist, entstand im Laufe der unzähligen Jahre ein kleiner, seltsam perfekter See. Nun, primär ahnte bisher auch niemand im Geringsten, welch interessante Details er in seiner Tiefe verborgen hält, jedoch – Zeit und Geduld sei Dank dürfen wir gegenwärtig so manche kostbare Eigenschaft von ihm nutzen. Und stell dir vor, da uns der Mond zu diesem Datum eigens Licht schenken wird, werde ich dir am späten Abend zeigen können, wo der Zauber des dortigen Wassers liegt und somit auch, in welcher Beziehung er zum Guckelmuck steht. Du möchtest ihn kennenlernen, also mach dich bereit – wir gehen jetzt." Und so latscht unser „Quatro" dann los: Ernesto mit den zwei Brüdern auf dem Pelz und ich hinterher. Über das Tempo brauchen wir nicht zu sprechen, der Tag ist ja noch lang. Ich denke mir: *Wenn es am Ende dieses Weges eventuell möglich sein sollte, in einen Fluss oder aber in den See springen zu dürfen und sich einem Bad hinzugeben, wäre das super.* Weil mein eigenes Aussehen sich dem eines in nassem Erdreich genüsslich sich wälzenden Wildschweins zunehmend annähert, habe jedes Gefühl für vertretbare Körperfrische verloren. *Doch der See mit seiner Bedeutung – nun, den werde ich auf keinen Fall entweihen wollen; dann lieber noch etwas länger stinkend durch die Gegend laufen. So soll es sein. Irgendwann wird es schon einen erkennbaren Wasserlauf geben, dann hüpfe ich hinein. Ich verwöhnter ...*

Wie kostbar das nasse Gut tatsächlich ist, merkt man erst dann, wenn es einem daran tatsächlich mangelt, wenn es gar vollständig fehlt. Sich häufig frischmachen zu wollen, erscheint vielen Menschen in einigen Regionen dieser Welt als sehr abwegig, weil sie ja über jeden möglich sauberen, trinkbaren Wassertropfen glücklich sind, wenn er irgendwie vorhanden ist. Sehr unerträglich ist es für mich, sehen und hören zu müssen, wie so oft die rücksichtslose Gier nach Geld oder das Kalkül mancher Politiker und strategische Interessen gewisser Länder über den Zugang zu gesundem Wasser entscheiden – und damit jedem einzelnen darauf angewiesenen Individuum das Recht auf Leben entreißen. Es ist potenziell nur eine Frage der Zeit, bis es zukünftig existenziell betonte, echte Kriege um diese süße Feuchte gibt, und so mancher Konflikt wird schon heute deshalb ausgetragen, weil ein Mann seinesgleichen nicht leben lässt. Das ist eine der schwierigen Wahrheiten. Und dabei wäre es ja bereits gegenwärtig leicht möglich, mit sehr gut entwickelten und inzwischen recht kostengünstigen technischen Maßnahmen allen Erdbewohnern eine lebenswürdige, gesunde Existenz gewährleisten zu können. Denkbar und wünschenswert wäre ein unkompliziertes Handeln unter schützenden Händen des gegenseitigen Respekts, eine symmetrische Toleranz: Einer „wirklichen" Errungenschaft des Menschen käme es gleich, sollten sich die Erdenbürger in relevanten Fragen, sowohl den leisen als auch den großen, öfter dem guten Zweck zuliebe einigen können. Das klingt jetzt vielleicht sehr pathetisch, gehört aber wie ich meine zu den zahlreichen kleinen Wahrheiten, die man so häufig wie möglich wiederholen müsste, damit sich niemand mit der oft grausam ungerechten Realität abfinden kann und damit sich irgendwann mehr zum Guten wendet.

Mein süßes Wasser, dich zu schätzen muss leider manchmal erst gelernt werden. Und dann ist es womöglich schon zu spät. Gedenke der Gerechten!

Während wir gemütlich in Richtung See spazieren – und das muss man tatsächlich so bezeichnen – bemerke ich nebenbei einige uns vermehrt auf Schritt und Tritt folgende Blicke. Aus der undurchdringlichen Tiefe der grünen Flora hell blinzelnd herausstechend, zeigen sie sich an meinem auffällig menschlichen Äußeren deutlich interessiert. Diese abwechselnd mich streifenden Augenpaare wirken jedoch fast schüchtern und verlegen; sie bleiben uns gegenüber stets auf Distanz, als ob sie sich nicht entschließen könnten, mich direkt nach meinem Status hier zu fragen. Da es in der gegebenen Situation keine einzige den Austausch einschränkende Fremdsprache mehr gäbe, würde ich allzu gerne mit sämtlichen dieser Waldgestalten spontan etwas reden wollen, mich diesem betont rar vorkommenden Genuss aussetzen. *Und Ernesto, der geht ganz selbstverständlich ruhig weiter. Für ihn ist es ja die tägliche Routine, einfach hin und wieder mit Nachbarn zu plaudern – vermutlich kennt er auch alle der hinter uns her wandernden Augenpaare. Wen wundert es?*

Stunden vergehen, die Erdkugel unter unseren Füßen dreht ungehindert weiter ihre scheinbar konstant bleibenden Schleifen. *So werden sich auch heute, wie es schon zu früheren Epochen der Fall war, die Sonne mit dem stets sich wandelnden Horizont ein Aufeinandertreffen leisten – und das ganz besonders zur hellen Freude aller dieses Spektakel beobachtenden Lebewesen hier auf diesem Breitengrad, in diesem Walde. Sei es ihnen gegönnt!*

Dem schallenden Tropfen nach
*

Auf einmal sehe ich meinen Freund nun anhalten, er atmet ausgeglichen durch und spricht zu uns: „In unmittelbarer Nähe befindet sich der See. Wir müssen nur noch auf diese Anhöhe steigen, auf den Felsen hoch." Er deutet mit seiner Hand auf einen in die Höhe ragenden felsigen Gipfel hin, der mit Abendlicht geflutet rötlich leuchtet und in meinen Augen einem sehr alten, stark zerknitterten Zauberhut ähnelt – vielleicht deshalb, weil interessanterweise schon vom Zauber des Seewassers gesprochen wurde.

Später, oben auf dem Hutzipfel angekommen, setzen wir uns der Reihe nach brav einer neben den anderen gemütlich hin, holen die restlichen Fruchtbestände aus Ernestos Tasche heraus und essen, genießen die Stille hier und den Blick hinunter zum See. Ein wunderschöner Moment – und wenn ich Sichtbares am Fuße des Felsens beschreiben sollte, könnte ich von einem rund geformten grünen Edel-

stein sprechen, der in diese Landschaft einge-
arbeitet wurde und wie ein dezenter Schmuck
vor uns liegt. Man kann von hier aus in das
grün getönte Seewasser bis in mehrere Meter
Tiefe klar hineinschauen – noch weiter ginge
sicher sogar ein Sonnenstrahl auf immer und
ewig verloren. Lilius höre ich sagen: „Und nur
noch warten müssen wir, bis die Nacht gekommen ist und das Licht des Mondes viele
Schatten werfen kann, unserem See jedoch
einen hell glänzenden Schein verleiht – dann
möge der Guckelmuck kommen."

„Nicht, dass ich auf einmal sehr skeptisch
geworden wäre", gebe ich zu bedenken, „es
ist nur so – ihr seid euch echt sicher, dass er
hier erscheinen könnte? Womöglich hat er viel
Wichtigeres zu tun, als meine Wenigkeit zu
treffen. Würde mich gar nicht wundern."

„Jet, Jet, Jet", beruhigt mich Ernesto.
„Glaube mir, die Wahrscheinlichkeit ist sehr
hoch, dass er uns besucht. Denn stell dir vor,
Enno, der See erzeugt einen einzigartigen
Klang, den aus unmittelbarer Nähe zu hören

und zu spüren unser Guckelmuck nicht widerstehen kann. Weil wir dem Wasser bei dieser Klangentstehung behilflich sein werden, lässt sich eine gewisse Wahrscheinlichkeit erahnen." Somit warten wir eine gefühlte Stunde – vielleicht nur eine, aber es ist eine von der langen Sorte. Danach sehe ich, wie Ernesto gelassen mit der Hand einen orangengroßen Stein an sich nimmt, ihn sorgfältig begutachtet und dann erneut mit wachsenden Falten auf der Stirn zu mir spricht: „Enno, ich habe dir vom Zauber erzählt. Nun, du bist jetzt der erste deiner Art, dem diese Wahrnehmungsmöglichkeit gegeben wird". Er schaut nach oben zum Mond, lässt ein paar Minuten verstreichen und wirft anschließend den Stein in einem leicht hochgezogenen Bogen ziemlich genau in die Mitte des Sees. Überrascht stelle ich fest, dass es keinen „Plumps" zu hören gibt, kein noch so kleines Geräusch, und auch keinerlei Krümmung der Wasseroberfläche zu erkennen ist, nichts. Ich denke mir: *Der Stein wurde verschluckt, von wem auch immer.*

Kurz danach, und es sind nicht einmal mehrere Sekunden, sehe ich, wie sich von den Ufern ausgehend eine kreisförmige, auf die Seemitte zielende Welle fortbewegt und im Zentrum angekommen sich steil in eine vertikal wachsende Wassersäule verwandelt. Diese Vertikale ist schätzungsweise nur einige Zentimeter hoch, mit einem perfekten Wassertropfen vollendet. Im Grunde könnte man behaupten, dass dieses Bild einem rückwärts laufenden Film ähnlich ist: Eigentlich müssten sich nämlich Wellen von einem in die Mitte hineingeworfenen Objekt nach außen dehnen und ausbreiten, bis zu den Ufern hin. Da wir momentan innehalten, hören wir dazu auch einen wirklich sehr leisen, aus dem Tropfen heraus bezaubernd schallenden zarten Ton. Mir fällt nichts Bekanntes ein, womit ich ihn vergleichen könnte – keine Erfahrung würde hier genügen und wenn etwas in die ungefähre Nähe käme, dann nur gewagte Vorstellungen von Ebenen, die wir nicht zu kennen scheinen. *Jetzt weiß ich also, von welchem Zauber*

Ernesto sprach.

Nach einer kurzen Weile kehrt die Stille zu uns zurück, der Tropfen verliert an substanzieller Form und verschmilzt mit dem restlichen zur Ruhe kommenden Wasser, der See erlangt erneut seine perfekt geglättete, einem Spiegel gleichende Oberfläche. Niemand von uns hat jetzt das Bedürfnis, irgendetwas zu sagen oder auch nur den kleinsten leisesten Mucks zu machen. Ernesto, Clavius, Lilius und meine Wenigkeit – wir alle sitzen einfach nur da und es dauert schon ein Weilchen, als ich bemerke, dass wir hier oben nicht mehr alleine sind: In geringer Entfernung und im Mondlicht effektiv getarnt lauschte die ganze Zeit über noch jemand dem bezaubernd schönen Klang – das kann wohl niemand anderes sein als der erhoffte und gerufene Guckelmuck. Ich drehe mich um und schaue zu ihm hinüber – muss mir dann sofort anhören: „Was guckst du so?" *Nun, das kommt mir sehr bekannt vor. Ob er als einer der Traumrichtenden auch bei mir tätig war, kann eventuell später erfragt werden.*

Als auch alle drei Verbleibenden seine Anwesenheit bemerken, begrüßen wir ihn gemeinsam mit dem Satz: „Es freut uns sehr, dich zu sehen!" Dies ist möglicherweise unbewusst wörtlich gemeint, da es wirklich ziemlich schwierig ist, das Aussehen des Guckelmuck richtig wahrzunehmen – nämlich deshalb, weil die grau-weiße Färbung seiner Federn, mit dem kleinen, unauffällig dasitzenden Körper erfolgreich kombiniert, im blassen Mondschein ideal passend den daneben gesetzten Felsen ähnelt. Im Detail betrachtet könnte es sich um einen gewissen südostasiatischen Koboldmaki handeln – wenn auch sicher um ein Exemplar einer extrem selten vorkommenden Sorte, denn die ausnahmsweise überlangen Beine und genauso langgezogenen Hände wie auch die etwas längeren Füße sind wohl bis heute noch niemandem bekannt geworden. Dann wären noch spitz nach oben zulaufende Ohren zu nennen und vor allem sein mit seltsamen Federn ganz bedeckter Körper. Ergänzend dazu trägt er ein lustiges, freundliches Lächeln zur Schau – das ist der Guckelmuck persönlich.

„Dem schallenden Tropfen nach habt ihr den Wunsch geäußert, mich sehen zu wollen. Und nun – hier bin ich, liebe Freunde. Wie kann denn meine Gestalt euch nützlich sein?"

„Es geht uns um deinen geschätzten Rat, da wir Enno gerne helfen würden", sagt Lilius. „Er ist auf dem Wege in die nächste Welt vom richtigen Kurs abgekommen. Weil seine Person mit der Anomalie unseres Ortes zufällig in Berührung kam, muss der arme Geist jetzt zwischen den Dimensionen hocken. Das ist, wie wir drei meinen, für ihn kein zumutbarer Dauerzustand."

„Hm, ich stimme euch zu. Lasst mich mal kurz überlegen. Also, hier direkt kann sein Problem nicht gelöst werden – er soll zum Tannennadelbär. Der Bär ist in Ennos heimischer Landschaft daheim und wird ihm helfen – so wird es sein, das meine ich. Hm ... Und die beachtliche Entfernung zu ihm nach Hause wäre zu beachten, da muss ich noch mal überlegen. Also – ein Kraut, von mir empfohlen, kann diese Reise unterstützen. Das meine ich. Kommt bitte mit mir an das Seeufer, dort finden wir die unserem Reisenden wichtige Pflanze". *So denkt also der Guckelmuck,* denke ich, *es wird schon irgendwie stimmen, das mit dem Bären.* Langsam aber sicher bricht die Nacht über uns herein und obwohl sie relativ hell geworden ist, weil in Mondlicht getaucht, sehe ich hier und dort vereinzelt einsame Sterne über mir. Es sind nur wenige, doch mit großer Zuversicht strahlend – *für mich?* Ein Vorteil praktischer Natur wäre auch noch zu erwähnen, nämlich ein gut beleuchteter Abstieg vom Gipfel zum See. Er ist mit unzähligen kleinen wie auch gemeinen Stolperfallen gespickt und ich muss mich noch lebhaft klar an Ernestos Worte erinnern: „Einen Schmerz empfinden kannst du auch in deinem jetzigen Zustand." Somit bleibt es mir, auf die Äste, Steine und Löcher aufmerksam zu achten, denn Vorsicht ist die Mutter des Porzellans, lautet ein bekanntes Sprichwort. Als Erster geht der Guckelmuck, ihm folgend bin ich der Nächste und hinter mir geht schließlich Ernesto mit den Brüdern im warmen Pelz versteckt.

„Wenn alle mit heiler Haut unten angekommen sind, zeige ich euch eine kleine Höhle am Fuße dieses Felsens, in der früher mir gut bekannte und, nebenbei gesagt, echt anständige Stachelschweine übernachtet haben. Dieser gemütliche Platz wäre für heute eine feine und günstige Bleibe. Davor sollte jedoch das Kraut gefunden und das Seewasser geschöpft werden", sagt etwas lauter unser Ernesto.

Als dann der See zu unseren Füßen liegt, richtet sich Clavius mit deutlich verführerisch klingenden Worten an mich: „Enno, nimm doch einen Schluck von diesem Wasser zu dir, probiere es mal." *Nun ja, wenn es schon mal so spannend gemacht wird, gerne!* Ich trinke der Empfehlung nach einen Schluck, den zweiten … und dann erneut. Ich stelle verblüfft fest, dass der See einen nicht duftenden Geschmack enthält – und zwar den der leckeren Nanaminze! *Ob dies an die grüne Tönung des Sees gebunden ist?*, überlege ich.

Viele Jahre sind ins Land gegangen, seit ich das letzte Mal eine größere, intensiver schmeckende Konzentration dieser Art von Minze gekostet habe. Damals war ich noch Student, noch jung und fit – Klettern in schwierigen Felsformationen war zu diesem Zeitpunkt genüsslich leicht und erforderte deutlich weniger Kraft als heute. Jede noch so kleine unerwartete, abwechslungsreiche Anstrengung war daher willkommen und sie trug zu immer größerer Freude bei, weil neuen interessanten Herausforderungen Aufmerksamkeit schenken zu können einer natürlichen Weiterentwicklung dienlich war und Körper und Geist gleichermaßen unterstützend hob. Ich denke, mit dem Älterwerden verlagert sich gleichzeitig der Schwerpunkt auf andere Bedürfnisse: Man bewegt sich nicht, um auf der Oberfläche schneller und erfolgreicher voranzukommen, sondern geht eher in die Tiefe einer Substanz, sucht mehr nach essenziellen

Botschaften, wird im Gesamten viel ruhiger und verfügt über persönliche Reife. Wenn der Abend kälter wird, wendet man sich nicht mehr dem Sport zu, sondern holt sich lieber einen warmen Schlafsack aus dem Schrank. *Eine Entwicklungsphase, die beispielsweise sehr gut bei Ernesto in dessen eigener stoischer Gelassenheit beobachtet werden kann*, denke ich. Aber während ich hier so nachgrüble, sind die anderen längst fündig geworden, der Guckelmuck hält bereits mehrere der notwendigen Pflanzen in seiner Hand und mein Freund Ernesto wartet mit prall gefülltem, um die Schulter hängendem Wasserbeutel darauf, dass ich in die Gänge komme. Der unvergesslich köstliche Nachgeschmack des getrunkenen Minzewassers streichelt immer noch über meinen Gaumen, weckt in mir so manche Erinnerung an die Jugend.

Es sind in etwa fünf gefühlte Gehminuten, da sehe ich schon im Felsen vor uns eine schattige kleine Nische. Sie ist oval wie eine horizontal in die Wand hineingearbeitete Eierschale und gerade so hoch, als ob sie irgendwie für unsere Körpergrößen passend gemacht worden wäre. *Von wem auch immer. Ich sage ihm an dieser Stelle laut Danke!* Es ist nämlich echt frisch hier draußen – kalt, um genau zu sein. Direkt vor der Höhle fängt der Guckelmuck dann plötzlich an, eifrig nach irgendetwas zu suchen. Er stöbert unter seinen Federn und stöbert, wenig koordiniert bewegt er sich dabei in alle Richtungen. Dann wird es auf einmal hell. Etwas in seinen Händen leuchtet mit kurzen gelbroten Strahlen und wärmt wie das Antlitz unserer Sonne. Ich gehe zu ihm, schaue interessiert genauer hin und erblicke zwei winzige Kristalle, die er in kreisähnlichen Handbewegungen aneinander reiben lässt. Sie sehen aus wie durchsichtige Haselnüsse, die jeweils eine flach geschliffene Seite aufweisen, da sicherlich schon länger im Gebrauch. Der Guckelmuck leuchtet uns mit ihnen die Höhle aus und wir setzen uns im Halbkreis hin, zur einen Seite in angenehm warmes Licht gehüllt, von der anderen Seite die schattige und kühle Nähe des äußeren Waldes spürend. Ich stelle mir vor, dass unter den Federn womöglich noch so einiges versteckt ist und tatsächlich holt die flinke Hand des Guckelmucks nun unerwartet ein hölzernes Schälchen hervor, anschließend ergänzt um einen kleinen Löffel, eine Notiz auf Baumrinde und ein Paar Socken. Dann sagt er: „Hm, ihr schaut mich so seltsam an. Für die uns bevorstehende Zeremonie brauche ich nun Isolierung für die Füße, ich darf auf keinen Fall geerdet sein. Außerdem sind sie hübsch und warm und sicher ist sicher – mit Schnupfen einschlafen zu müssen, mag ich eben nicht. Das meine ich." Wir übrigen vier schauen ihn warmherzig an: beobachten, wie er sorgfältig und bedacht mehrere Pflanzenblätter übereinander in die Schale legt, wie einem geheimen Muster folgend, nach bestimmten Größen angeordnet. Dazu gibt er Seewasser, mit Löffeln in der Menge abgemessen und sodann in der Gesamtheit an die strahlenden Kristalle herangeschoben.

„So, das hätten wir gemeistert. Schon in wenigen Minuten wird es deiner Gestalt gegeben sein, zwischen heimischen Bäumen spazieren gehen zu können, wo neben anderen Lebewesen ein gewisser Tannennadelbär lebt, der auf eine Frage viele Antworten hat. Er wird dir gerne helfen und spendet der Lösung deines Problems sicher die richtige Antwort. Enno, jetzt muss ich dir noch erzählen, was für diese kurze Reise von Bedeutung ist, nämlich dass zunächst das Gebräu getrunken werden sollte. Danach schließen sich deine Augen wie infolge einer großen Müdigkeit. Und während sie geschlossen bleiben, richte bitte deine volle Konzentration auf das Reiseziel, lass unter keinen Umständen die Gedanken von ihm abweichen, sonst landest du irgendwo – nur nicht dort, wo dein Zuhause ist." *So, so – ein gutes Gefühl sagt mir, dass ich meiner Rückkehr schon viel näher stehe, aber ein anderes Gefühl stimmt mich doch ein wenig nachdenklich: Ob der Guckelmuck jemanden im „Irgendwo" verlorengehen lassen kann?* Zur Abwechslung wäre es diesmal gefährlich, etwas zu denken, statt dass es, wie gewohnt, gefährlich ist, etwas auszusprechen. *Ein solcher Zustand ist für jedermann ein sicheres Ende aller möglichen hervorblühenden Träume, denn stellen wir uns mal eine Gesellschaft vor, in der nur geredet würde, aufkommenden Gedanken aber der Weg versperrt bliebe. So wären auch die Nächte hell, weil laut von einer Fülle sich mühsam und heiß aneinander reibenden Wörtern und Sätzen, die in blitzend schnellem Aufeinanderprallen ihre Energie zerstreuen und dadurch leuchtende Spuren hinterlassen. Nun, nichts könnte einen Menschen mehr überraschen, da alles Menschendenkbare im gläsernen Schrank versteckt, hinter dickem Panzerglas als wertvolles Gut verschlossen wäre – vielleicht ein Schatz ohnegleichen. Nun, allgegenwärtige Langeweile wäre der Preis dafür, dass der Gedanke nicht mehr frei ist. Als Kind sah und hörte ich, wie die Menschen für den Glauben an ihre Redefreiheit leiden und sogar sterben mussten. Und wenn wir um unsere Gedanken kämpfen müssten? Die in uns hausen sollten, die nicht nach außen wollen, weil sie nur tief verborgen gedeihen und ein Individuum fördern können – kämpfen müssen, weil Denken gefährlich und den Gedanken ein Weg hinaus versperrt bliebe. Was für Aussichten!*

„Dann, lieber Enno – hier an diesem Ort und zu dieser nächtlichen Zeit werden sich unsere Wege trennen. Welche Entscheidungen auch immer du zukünftig treffen solltest, es mögen immer die richtigen sein. Somit dir alles Gute!" Es sind Ernestos Worte, die meinen Gedankengang unterbrechen. Wie ich sehe, sind die Brüder Clavius und Lilius wach und munter und sie wünschen mitzureden, die beiden Netten:

„Weißt du, Enno, es wäre schön, dir noch mal den Weg zu kreuzen – eine Frage lautet nun aber: In welcher Dimension denn bitte? Egal! Hauptsache, du bemerkst unsere Anwesenheit zeitig, ehe du uns zufällig zerreibst. Wäre sicherlich ein Jammer, nicht mehr mit dir plaudern zu können, oder? Also dann auch von uns wahrlich alles Gute!" Der Guckelmuck zupft leicht an mir. Mit seinen großen, immer wachen Augen deutet er auf das Schälchen und sagt: „Es wird Zeit, das präparierte Getränk zu schlürfen, denn je länger wir damit warten, umso schwächer wird der Aufguss, seine Wirkung geht verloren und du bleibst uns dann eventuell irgendwo auf der Strecke. Du darfst auf jeden Fall nicht vergessen, dich konstant auf das Reiseziel zu konzentrieren – und zwar so lange, bis dein Wesen am erwünschten Ort angekommen ist. Wenn du später die Augen öffnest, ist die dem Herzen naheliegende Welt denkbar deine eigene. Behalte den Inhalt dieses letzten Satzes bitte lange im Gedächtnis." Mir wird unverhofft ein bisschen mulmig: *Wie lange soll ich mich denn intensiv konzentrieren müssen?* Die Situation gewinnt plötzlich zunehmend an Gewicht und lässt stellenweise Unsicherheiten in mir wachsen, deren Früchte ich nicht ernten möchte. *Was, wenn meine Wenigkeit mitten im Atlantik aufwachen sollte? Und falls ich mal an Amundsens Expedition zum Südpol denke und damit vom Ziel abweiche – dann müsste ich demzufolge sehr viel Zeit in Eis und Schnee verbringen, was ziemlich unangenehm werden dürfte. Es kann also zweifelsohne kompliziert werden.* Ich bemerke, dass wir inzwischen tiefe Nacht begrüßt haben müssten, meine Augenlider fallen langsam zu und auch ohne diesen Aufguss getrunken zu haben, bin ich schon echt müde.

„Hm, wie sieht's denn aus, Enno? Bist du bereit? Nun, auch ich sage dir hiermit gute Reise, mein Lieber! Und so wird sie auch sein, das meine ich." Ich schaffe es geradeso, den ganzen Inhalt des Schälchens in einem Zug in mich zu saugen, der derart kräftig schmeckt, dass er mir beinahe die Zunge lähmt. In meinem Magen brodelt es gewaltig, die Kräuter entfachen drinnen einen Sturm und Gase steigen hoch, sie wollen dringend hinaus. Ein langes Rülpsen ertönt dumpf in der kleinen, eiförmigen Höhle und dann kringeln wir uns alle. Als des Getränkes erwünschte Wirkung einsetzt, schaffe ich es eben noch, mich kurz zu bedanken und kann gar nicht ausdrücken, was ich gerne sagen würde: „Macht's gut! Und vielen Dank für alles! Ihr seid mir für immer gute Freunde." Dann beherrscht den gesamten Körper ein Gefühl von Leichtigkeit, das sich rasch in mir steigert und zusätzlich von einem kompletten Hörsturz begleitet wird – auch die eigene Stimme vibriert nun nicht mehr, nur das innere Auge bleibt wach und beschäftigt: Es verfolgt unzählige Erinnerungen – Bilder, die in flüssiger Form aus verschiedenen Richtungen an ihm vorbeiströmen, als ob sie nach einem starken Regen in Sturzbächen hastig die Berge herunterschössen in der Hoffnung, sich schnellstens zu einem Konglomerat zu vereinen. *Das ist gut, denn daraus möchte ich einen klaren und kompakten Gedanken schöpfen, der mich zielgenau nach Hause bringt. So entziehe ich mich nebenbei auch einer eventuell drohenden Landung in der kalten Arktis.* Mir ist währenddessen irgendwie bewusst, dass ich, einem inneren Gefühl nach, noch teilweise in der Höhle bei meinen Freunden sitzend existent bin. Zum anderen Teil werde ich wie in einen Trichter fallend verstärkt beschleunigt und entferne mich damit langsam, aber sicher von hier. Weiter und weiter, mit jeder stillen Sekunde reise ich schneller der mir altvertrauten und dem Herzen nahestehenden Welt entgegen, wo unzählige anregend duftende dunkelgrüne Nadelbäume die Wälder schmücken – in die Höhe wachsend, ragen sie gerade in den blauen Himmel. Und hausgemachter Teig zum Brot gebacken, der Schinken mit Fichtenholz geräuchert, süße Früchte für die langen Winterabende zum Trocknen an der Luft vorbereitet – dort wurde ich zum Menschen.

Es gibt so manche wärmende Erinnerung an die Wintertage, wenn Kinder bei sonnig-frostigem Wetter zu schneebedeckten Hügeln ziehen, später mit laut herausgeschrier Freude und des Glücks vollem Herzen auf Schlitten hinuntersausen, wohl wissend, dass danach ein jedes von ihnen eine gemütliche Stube mit festlichem Gebäck und schönem Tannenbaum erwartet. Es ist ja Weihnachten!

Nun, ich sollte jetzt nicht sentimental werden, denn im Augenblick hilft gewiss eher zweckmäßige Sachlichkeit als Preisen und Loben – das würde sicher Ernesto sagen.

Noch bevor ich etwas realisieren kann, spüre ich an mir einen sanften Längsruck, der von einer Gewichtszunahme begleitet wird. Es wird mir gleichzeitig bewusst, dass ich zwar immer noch in Sitzposition verharre, jedoch in einer neuen örtlichen Gegebenheit. Nach und nach erlangt der Körper sein Gespür für Temperaturen, in der Nase vermischen sich rasch mehrere Gerüche miteinander; von frisch-kühler Luft gesättigt, lassen sie mich schon erlebte Sicherheit empfinden und das Gefühl, hier heimisch zu sein. Der Hörsinn kehrt merklich zurück, mit steigernder Fülle an immer näher heranschwebenden Naturgeräuschen dem Gleichgewicht dienend. Außerdem kommt es mir so vor, als ob es hier etwas Besonderes herauszufiltern gälte. Verstärkt höre ich jetzt geordnete, sehr vertraut und harmonisch klingende Töne, die zu einer längeren Komposition werden. Mir fällt ein, dass ich jetzt sogar mit eigenen Augen sehen könnte, weil diese wieder meinem Willen gehorchen und ausgeschlafen, wach und munter mir zu Dienste stehen. Dennoch, öffne ich beide Augenlider nur vorsichtig und misstrauisch, ein wenig noch von der Angst gefesselt, woanders gelandet sein zu können. Der Blick schärft sich zunehmend und ich stelle zufrieden fest, dass es mich nach wie vor im vollen Umfang gibt. Zwar wird meine Person nach Ernestos Erklärung keiner der anderen Menschen wahrnehmen können, aber im Moment bin ich immer noch derselbe Enno.

Der heimische Traumrichtende
✻

Also, hier stehe ich! Frontal zu einem älteren, aus rotem Sandstein im Unterbau und Holz in den oberen Teilen gefertigten Haus, das seinem Umriss zu entnehmen recht großzügig in traditioneller Form liebevoll errichtet wurde und für Mensch und Tier ein Zuhause ist. In der unmittelbaren Nachbarschaft lassen sich Obstbäume erkennen, Hühner laufen ums Backhaus herum und am Bachufer verrichtet quietschend, jedoch zuverlässig eine kleine Getreidemühle ihre Arbeit. Mit langsamem Schritt bewege ich mich dem Klang folgend in Richtung Nebengebäude, das nur unauffällig präsent ist – man könnte meinen, es sei absichtlich zwischen den Bäumen versteckt worden. Auf der Holzbank vor diesem Häuschen findet sich ein ziemlich altes silbernes Transistorradio, eingeschaltet, und daneben aufmerksam der Musik lauschend ein Schuljunge – allein und ganz still vor dem Funk. Was er hört, ist eine Konzertsendung und aus relativ kurzer Distanz lässt sich in wenigen Sekunden der musikalische Umriss klar bestimmen – der gnadenlos meine Beine aufweicht, denn zu vernehmen ist in diesem flüchtigen Moment die von Chopin komponierte Nocturne, die zwanzigste. Verlegen taumelnd bin ich gezwungen, mich ungelenk hinzuhocken und werde unverzüglich von Gänsehaut überzogen, als ich feststelle, dass in dem träumenden Jungen ich selbst, der Enno, zu erkennen bin. Es ist sehr verwirrend.

Unverhofft fängt es an zu regnen, ein kräftiger Wolkenbruch bringt große Wassermassen auf die Erde und erspart mir keinen einzigen Tropfen, also suche ich rasch eine nässefreie Ecke. Direkt am Haus, unter dem Dach, werde ich auch fündig, es ist ein recht gemütlicher, trockener Platz, an dem weinende Wolken keine Chance mehr haben, mich noch länger mit ihren Tränen zu befeuchten. Zugleich richte meinen Blick zufällig nach links über die Schulter und merke, dass der Junge wie vom Boden verschluckt einfach verschwunden ist. Um innerlich alles Wesentliche zu sortieren, sollten jetzt die Augen für mehrere Sekunden geschlossen bleiben, so mein Wunsch. Da rüttelt es mich aber wieder – heute schon mit einem zweiten Ruck in Folge. Interessiert sperre ich die Augenlider auf und erblicke so überrascht, wie ich nur sein kann, den tiefsten Wald – nichts als Bäume über Bäume. Vom Regen etwas durchnässt und jetzt auch noch verfroren, bringt mich der eigene Wille in Bewegung und ich laufe zitternd geradeaus nach vorne – *je schneller, umso wärmer wird es*, denke ich mir. Nach mehreren hundert Metern Rennen ertönt plötzlich ein lauter und dumpfer Ton. Das ist Enno, in ein tiefes Loch gefallen – ob das ein Zufall ist?

Vor meinem mit erdigem Humus beklebten Gesicht steht ein merkwürdiges Etwas, äußerlich mit nichts zu vergleichendes Lebewesen. *Das muss er sein*, meine ich, *der Tannennadelbär*. Und wie schon früher vernehmen auch in diesem Augenblick meine Ohren wieder: „Was guckst du so?" *Tja – wenn das keine Begrüßung ist.* Ich bin mir jetzt nicht sicher, womit ich denn eigentlich anfangen soll: Mich höflich vorzustellen, wäre angebracht, doch alle Gedanken schlingern noch in meinem Kopfe ohne Sinn, ich bringe kein einziges Wort über die Lippen – wie vom Sturz in das Loch noch betäubt. Da kommt mir der Tannennadelbär etwas entgegen, er wittert förmlich meine sich steigernde Verlegenheit und äußert sich sofort: „Du heißt Enno, nicht wahr? Dein Problem ist mir bereits bekannt, da ich neulich aus der Ferne vom Guckelmuck persönlich einen Gedanken zugeschickt bekam. Er berichtete nämlich über den ‚Verbleib' deines Wesens im ‚Dazwischen' und deutete nebenbei an, der Wunsch, zu der alten Welt zurückzukehren, wäre bei dir noch vorhanden. Doch bevor wir fortfahren: Man nennt mich Tannennadelbär, wie du sicher schon weißt. Außerdem solltest du gleich fragen wollen, ob ich den richtigen Pfad in die vergangene Welt für dich finden könnte, so sage ich dir hiermit gleich: Ja, gewiss, weil ich wahrscheinlich alle

Wege kenne. Allerdings müssen wir uns nun gezwungenermaßen etwas gedulden, denn du bist aus dem natürlichen Gleichgewicht gestoßen worden und daher zwischen den Ebenen hängend. Dir bleibt somit die Rückkehr bis zum Aufleuchten einer bestimmten Sternenkonstellation unerreichbar. Erst ab einem bestimmten Zeitpunkt darf versucht werden, von einer anderen Dimension aus für dich eine Tür zu den sogenannten „lebenden" Menschen zu öffnen – Schritt für Schritt. Und bis es so weit ist, sollst du dich vielleicht erst mal gut erholen: trinken, essen, dich aufwärmen und, wenn du möchtest, mir etwas Gesellschaft leisten." *Erholung klingt gut, nach dem Sturz sehe ich sicherlich wie ein Ferkel aus. Hunger, Durst und Müdigkeit quengeln dazu auch noch.*

Ich schenke dem Bären ein Lächeln und sage: „Meine noch irgendwie vorhandene Wenigkeit möchte sehr gerne deinem Angebot folgen, wenn sie dir damit keine Umstände bereitet." Der Bär nickt einmal und lächelt zurück, mit einem Vorschlag ergänzend: „Dann machen wir uns doch auf den Weg! Zunächst sollten wir aber hier aus diesem Loch heraus, wo ich seit einer Weile schon auf dich gewartet habe. Deine Ankunft war natürlich vorauszusehen und berechnet habe ich, dass wir uns zu meinem Bedauern gerade hier bei deinem Aufprall treffen. Du hast ihn aber gut überstanden, das ist die Hauptsache. Nachher lasse ich dich von meinem leckeren Heidelbeerengebäck probieren, diesen köstlichen Geschmack wirst du nicht mehr vergessen."

„Also, ein Gebäck hätte ich bei dir jetzt nicht erwartet, wie kommst du denn dazu?"

„Tja, bei euch Menschen habe ich es vor langer Zeit gesehen, dann auch gekostet und beschlossen, es ebenfalls herzustellen. Ist nicht so schwer, allerdings mahle ich von mir selbst hier und dort angebaute Körner. Es gibt noch mehr Nützliches, das ich im Laufe der Jahrhunderte kennenlernen durfte; ich habe mir einige Erfahrungen angesammelt, die ich bis heute als wertvolle Schätze aufbewahre. Auf die Kost der Menschen bin ich allerdings nicht angewiesen, da Energie für den Tannennadelbären normalerweise aus ganz anderen Quellen fließt. Doch eine nette und sich stets wandelnde Bereicherung des Alltags ist bei mir immer willkommen. Und du, Enno, du sollst jetzt ein Bad nehmen! Ich kenne eine recht nahe gelegene Senke, wo sich frisches Wasser aus den Bergen sammelt, dort kannst du dich auch gut entspannen." *Wasser, schon wieder kaltes Wasser!*, denke ich. *Vom Sturz habe ich jedoch sogar in den Ohren und Nasenlöchern noch unsere gute Erde – ich werde also das Bad begrüßen und danach zum Aufwärmen vielleicht eine Runde laufen. Es ist schon erstaunlich, wie weit mein Wesen von der alten Welt entfernt ist, von den sogenannten „Lebenden", obwohl ich gerade jetzt hier in der heimischen Landschaft weile. So dicht am Zuhause und doch gegenwärtig ohne jede Möglichkeit, dieses real betreten zu können. Es ist aber nichtig im Vergleich zu einer bitteren Wirklichkeit der Seele, die in ihrer täglichen Präsenz lebenslang nahe an sichtbar greifbarem Glück exis-*

tiert und obwohl mit wertvollen Gaben ausgestattet, trotz jeder nur erdenklichen Anstrengung dieses Glück niemals erreichen kann – nur weil sie am falschen Ort zur falschen Zeit geboren, mittellos und dadurch in so mancher Gesellschaftsform und Kultur von vornherein benachteiligt ist, ihr dann vielleicht noch das Wenige was sie irgendwann zu besitzen vermag, von gewissenlosen Stärkeren weggenommen wird. Gleichzeitig gibt es kontrastreich nebenan Individuen, die allein durch ihre hohe Position weiterhin an Einfluss und Macht gewinnen, ohne dass sie je etwas dafür tun mussten, wobei sie nicht selten komplett den Bezug zur Realität verlieren. Dies ist eine ungerechte und gefährliche Diskrepanz – sie erfahren zu müssen ist wirklich frustrierend. Also, eigentlich geht es mir noch sehr, sehr gut in diesem „Dazwischen".

Wir gehen zusammen durch den Wald, meine Körperhöhe ist ein Meter achtundsechzig und der Tannennadelfreund nur etwa achtzig Zentimeter groß. So langsam dämmert es. Weil eine schwarzwälder Frühlingsnacht im Mai mit dem, was ich anhabe, für den

Schlaf unter freiem Himmel noch unangenehm kalt sein könnte, überlege ich mir, ob der Bär für meine Wenigkeit eventuell eine Übernachtungsmöglichkeit, eine Herberge vorgesehen hat. *Also, praktisch wäre das schon.*

In nur wenigen Minuten haben wir es dann geschafft, am Badeort anzukommen und nun holt der Bär aus seinem am Körper gut versteckten Beutel mir gut bekannte Zwillingskristalle heraus. Er reibt sie flink aneinander, schaut zu mir hoch und meint: „Es ist eine altbewährte Energiequelle: Wir legen diese strahlenden Kristalle in unsere Senke, leiten das Wasser hinein und warten ein wenig ab, damit genügend Wärme entwickelt werden kann. Und nimm dir ruhig Zeit für das Bad, ich muss nämlich für eine Weile fort, andernorts habe ich noch etwas zu tun. Dann bis später!" So fipsig er auch wirken mag, der von ihm schleunig und hoppelnd zurückgelegte weite Schritt lässt mich doch staunen: *Dieser Bär ist echt schnell!* Demzufolge ist es eigentlich nicht richtig, sein Aussehen einem konventionellen Bären gleichzustellen. Man nehme dafür eher einen Koala und lasse ihn sich hoch und höher auf die ausnahmsweise kurzen Beine aufrichten. Den Kopf versehen wir mal mit den kleinen Ohren des Flachlandtapirs und die breite Fußform könnte von einem geschrumpften Elefanten stammen. Sein flauschiges Fell müsste noch weg – dafür auf dem ganzen Körper jede Menge dicht wachsende grüne Nadeln einer Weißtanne. Zur Ergänzung des Ganzen sollte ich noch hinzuzufügen, dass oben auf dem Kopf unverkennbar ein emporwachsender Tannenzapfen zu sehen ist. Nun, welchem Zweck der dienen mag, ist mir echt schleierhaft. Summa summarum könnte ich unseren Freund ungefähr so beschreiben.

Inzwischen sitze ich behaglich im warmen Wasser und denke mir dabei, wie es wohl weitergehen wird und wie viel Zeit denn verstreichen muss, bis die Sterne günstig stehen. Die ganze Situation scheint mit jedem Tag komplexer, in jeder Stunde hält sich eine große

Anzahl rätselhafter Überraschungen für mich bereit – mal dringt davon eine, dann wieder keine und später dringen viele zu mir durch. Und alle haben einen Hintergrund, bringen Botschaften mit sich, lassen über einiges reflektieren. Manchmal komme ich mir dabei vor wie ein ziemlich besserwisserisch über akzidentielle Themen Daherredender. Quälend auffallend ist das meistens erst später, wenn die Würfel schon gefallen sind, wie ein Römer gesagt haben soll. Doch was nicht ausgesprochen wird, ist womöglich auch nicht gedacht und damit ohne existenzielle Relevanz. *Aber der Tannennadelbär gehört ja zu der traumrichtenden Spezies, er müsste demnach häufig mit anregend interessanten Gedanken zu tun haben, mit kritischen Realitäten oder aber mit individuell geprägten Phantasien konfrontiert sein. Wie hält er denn derart vielen unterschiedlichen Facetten einer Psyche und ihren unzähligen Kombinationen stand? Und das noch über Jahrhunderte, sogar Jahrtausende – ein ziemlich ermüdender Job*, meine ich.

Es ist dunkel geworden, über meinem Thermalbad-ähnlichen Örtchen funkeln schon die Sterne und mir fällt es echt schwer, aus dem genussfördernden Wasser hinauszusteigen, mich erneut von der aufdringlichen kalten Gebirgsluft umhüllen zu lassen. Aber hier ist wohl nichts mehr zu machen, wie ich vermute. Dazu sehe ich gerade den Tannennadelbären, der sich mit beachtlichem Tempo nähert, mit seiner zunehmend heller leuchtenden Laterne. „War das ein Tag", murmelt er leise vor sich hin. „Nun, gehen wir doch heim", sagt er zu mir, „dort wartet das leckere Heidelbeerengebäck. Es möchte sicher aufgegessen werden. Und ich zeige dir deinen Schlafplatz, ab heute sollst du dich nämlich bitte als mein Gast betrachten."

„Danke, das kommt mir sehr entgegen, weil ich wirklich eine Bleibe brauche. Und wenn ich fragen dürfte: Wie kommt es eigentlich, dass ich dich früher in all den Jahren nicht wahrgenommen habe, von deiner Existenz rein gar nichts wusste? Und ich kenne auch niemanden sonst, der über dich je etwas gehört hätte, dir gar begegnet wäre. Komme ich zu diesem Genuss nur deshalb, weil mein Wesen gegenwärtig im ‚Dazwischen' weilt?"

„Ja: Weil du, Enno, auf diesem Wege hierher gekommen bist, geht von deinem mir zugeworfenen Blick keine Gefahr aus; es ist dir gegeben, beliebig frei mit mir plaudern zu können und mich zu sehen. Eigentlich ist ein Tannennadelbär sehr darum bemüht, unbemerkt von den Menschen im Verborgenen zu agieren – und ich betone: Nur dem Menschen gegenüber müssen wir allerwege unauffindbar bleiben, denn von diesem Erdenbürger entdeckt zu werden, bedeutet das sichere Aus und Ende. Sein direkter Überraschungsblick löst in uns eine Starre aus, die eine blitzschnelle Verwandlung des Körpers einleitet. Im Schwarzwald werden wir fix zur Tanne, einer von vielen im hiesigen Walde. Früher gab es etliche von uns, schon seit Jahrmillionen begleiten wir die träumenden Lebewesen dieses Planeten und stehen auch euch lieben Menschen zu Dienste. Hier in dieser Region arbeite ich, der Tannennadelbär, woanders wäre beispielsweise ein netter Guckelmuck zuständig, dessen Bekanntschaft du bereits machen durftest. In unserer nördlichen Region leben mehrere, unter ihnen findet sich auch mein bester Freund, der sogenannte Hanntelperrki, der sehr beharrlich mit den dortigen wahrhaft schwer träumenden Individuen beschäftigt ist. Hinter den Hügeln, drüben im Osten, erstreckt sich das weit ausgedehnte Gebiet der Zwillinge Tahirototto und Tookenta wie auch das Land des Erko, wo auch die uns allen liebe, immer witzig gestimmte Freundin Ksantaa tätig ist. Damit habe ich dir aber nur wenige, mir arg Vertraute erwähnt. Alles in allem Exoten für deine Ohren, stimmt's? Jeder Einzelne von ihnen besitzt starke persönliche, sehr seltene Charaktereigenschaften und doch haben diese Wesen genauso wie ich allesamt auch Schwächen. Eine, die uns gleichermaßen verbindet, habe ich dir bereits erwähnt – und zwar: Wenn einmal ein Mensch unserem Antlitz begegnet, so steht dem Traumrichtenden sein spezifisch bizarres Ende kurz bevor. Ich wiederhole es deshalb, weil ich hoffe, dir damit die für uns große Relevanz einer derartigen Begegnung zu unterstreichen."

„Nun verstehe ich aber nicht ganz, warum wir alle unter einen breit gestreuten Generalverdacht gestellt werden, denn die meisten Menschen haben ja keine schadenfreudigen Absichten im und schon gar nicht euch gegenüber. Im Gegenteil: Ich denke mir, dass eure offene Präsenz womöglich viele ungeahnte positive Perspektiven öffnen und uns allen neue Chancen bringen könnte. Meinst du das nicht?"

„Dass ein direkter Kontakt mit Erdenbürgern für uns ein schlichtes Aus und Ende zur Konsequenz hat, liegt an einem Schutzmechanismus, der evolutionsbedingt in jedem Traumrichtenden drinnensteckt. Er verhindert einfach den unbeabsichtigten Transfer des über Jahrmillionen gewonnenen, sehr kostbaren wie auch gleichermaßen brenzligen in uns vorhandenen Wissens, das enorme Möglichkeiten zum Vorschein treten lassen kann. Wir richten eure Träume, somit tauchen wir in Geheimnisse und Gedanken allerart, begegnen großartigen Ideen, lernen extreme Tiefen und Höhen kennen, Wünsche und Ängste, Tabus, die ganze Privatsphäre. Damit ist natürlich eine verantwortungsvolle Aufgabe verbunden, die zerbrechliche innere Welt eines Wesens vor ungewollten äußeren Zugriffen zu schützen. Ich bin sozusagen eine jahrmillionenalte Schatztruhe, die sehr viel kennt und von niemandem geöffnet werden darf, denn wenn es geschieht, dann kann der gesamte komprimierte Inhalt eventuell sehr gefährlich sein, da er unter Umständen für den persönlichen Vorteil eines Einzelnen ausgenutzt werden könnte und jemand damit vielleicht sogar in der Lage wäre, unendliches Leid hervorzurufen und gemein Böses zu entfesseln, wie es in vergangenen Epochen schon viele Lebewesen schmerzlich erfahren mussten. Es ist nett von dir, Enno, vom Herzen aus das Gute anzunehmen und dich für das Wohlergehen der anderen einzusetzen. Doch zahlreiche Erfahrungen haben mich als Tannennadelbär und auch uns alle eines Besseren belehrt. Vorsicht ist die Mutter des Porzellans, wie man so oder ähnlich schön bei euch sagt. Demnach glaube ich, dass noch viel Wasser in die Meere fließen wird, bis ein Traumrichtender dem Menschen am hellen Tage aus freien Stücken begegnen kann."

„So, so, dann habe immerhin wenigstens ich den Weg zu deinem Heidelbeergebäck gefunden", sage ich freundlich grinsend zu ihm und bin dabei unverhofft fast ins Stolpern gekommen, da seine kleine Laterne unkontrolliert hin und her wackelt, mir das wenige Licht vor den Füßen in alle Richtungen schaukelt. *Man könnte bei dieser Intensität sogar hier im Schwarzwald seekrank werden*, denke ich.

„Nun also, wir sind da." Er hebt die Lichtquelle etwas höher und beleuchtet damit einen großen, im Vordergrund stehenden Baum. *Es ist eine alte Buche*, entnehme ich meinem

Wissen. Wenn man aber etwas länger den Blick darauf richtet, dann lässt sich am Fuße des Baumes eine nur in der Kontur erkennbare unauffällige Öffnung erkennen – ein Eingang. Der Tannennadelbär sagt stolz: „Das ist mein Zuhause. Also – sei herzlich willkommen!"

„Ob ich hier hineinpasse? Horizontal vielleicht schon. Tja, so schnell kommt man unter die Erde – dazu noch freiwillig." Da ich laut nachgedacht habe, grinst mich der Bär jetzt an und meint dazu: „Keine Angst, Enno, drinnen ist es deutlich geräumiger. Du findest schon deine Erholung." Wir treten hinein und vor mir ist nach kurzer Distanz ein Raum zu sehen, der für meine Verhältnisse sogar eine recht akzeptable Höhe hat, da ich mich gebeugt bewegen und entspannt eine Sitzposition einnehmen kann. Unter der Decke erstrecken sich im Wirrwarr verflochtene Baumwurzeln, die über die Wände gut umgeleitet einen Weg ins tiefere Erdreich finden. Von hier aus betrachtet wird das Gesamtbild zu einem

Kunstwerk. Zwischen den zahlreichen Wurzeln hängen winzige Fächer, auf denen eine große Palette verschiedener Dosen, Döschen und anderer kleiner vollgefüllter Behälter steht – ordentlich sortiert wie eine merkwürdige Raritätenapotheke. *Ehrlich gesagt: Das passt irgendwie zum Tannennadelbär.* Er greift sich mehrere Energiekristalle, reibt sie aneinander und verteilt diese im Raum, scheinbar einem gewissen Plan folgend, mal als Lichtquelle positioniert, dann wärmespendend in hierfür geeignete Wandnischen eingesetzt. In einer nahen Ecke sehe ich ein einem alten Ofen ähnelndes, ebenfalls in die erdige Wand und den Boden eingelassenes Objekt. In dieses setzt er den letzten noch verfügbaren strahlenden Kristall. Zu meiner linken Hand gibt es auf weißbemalten Holzplättchen fein und qualitativ hochwertig gearbeitete, sehr ansprechende Skizzen. So manche Darstellung verblüfft mich. Ich erkenne unter anderem Personen wie zum Beispiel den Mohandas K. Gandhi, Edith Piaf (Gassion) und Alexander von Humboldt. Auch andere, mir unbekannte Erscheinungen sind hier präsent, Lebewesen wie auch Gegenstände von den unterschiedlichsten Plätzen der Welt. Zeitepochen verfließen ineinander.

Die Stube ist jetzt hell und gemütlich warm geworden, es duftet nach Brot und Heidelbeeren. Während ich alles langsam begutachtet habe, hat der Bär Vorbereitungen getroffen und serviert nun, wie schon zuvor fröhlich angekündigt, seinen lecker aussehenden Kuchen, dazu etwas Flüssiges in gläsernem Kännchen. Ich würde an dieser Stelle behaupten, es ist Selbstgebrannter.

„Und noch ein langer Tag ist zu Ende gegangen", seufzt der Tannennadelbär, blickt jedoch anschließend zum Kuchen hin und findet somit zu seinem strahlenden Gesichtsausdruck wieder zurück. Wir hocken uns an den Holztisch und legen los. Erneut staune ich, wie der Bär derart durchdringend genüsslich schmatzen kann. *Nicht zu fassen! Sei es drum, das Gebäck schmeckt wirklich himmlisch gut.* Was folgt, ist der volle Becher der rätselhaften Flüssigkeit aus dem Kännchen, die schon auf Entfernung in meiner Nase für kräftigen, bis in den Kopf hineinsteigenden Wirbelsturm sorgt. Ich stelle mir schon vor, was geschmacklich als Nächstes auf mich zukommen mag, da bemerkt der Bär aufmerksam: „Es ist nicht, wie euer guter Wein, dazu gedacht, feinen Gaumen zu schmeicheln. Getrunken wird es bei uns nur als ergänzende, geschmacksneutrale Flüssigkeit. Der Genuss ergibt sich aus der richtig spannenden Kombination zwischen der Speise, also in unserem Fall dem Gebäck, und dem besonderen Getränkeduft. Man schnuppert daran, als wenn es Blumen wären, und rundet damit den Geschmack des Kuchens ab. Und wenn du durstig bist, so trinke einfach aus dem Becher." Ich koste vorsichtig, nehme einen kleinen Schluck zu mir – und es stimmt wirklich: Dieser Trank schmeckt tatsächlich wie frisches Quellwasser! Nach und nach wirken wir jedoch beide auch ein wenig angeheitert. *Kommt es vom Kuchen?*

Oder von dem Duft des Wassers? Wo er denn so etwas zu „brennen" gelernt haben mag? Vermutlich vor fünftausend Jahren im Tannu-Ola-Gebirge. Egal. Da wir uns jetzt duzen, frage ich ihn direkt: „Du, Tannennadelbär – hast du etwa auch schon meine Träume zurechtbiegen müssen?"

„Klar doch, wir sitzen ja in deiner heimischen Gegend, Enno, und ich kenne hier echt jeden – auch solche, die schon gegangen sind, und darüber hinaus noch die Ungeborenen, die auf anderen Ebenen warten, bis es so weit ist. Dem oft sich wandelnden Bedarf nach besuche ich unterschiedlich viele schlafende Individuen, weil es mir möglich ist, in der stets fortschreitenden Zeit nach Belieben oder aber nach Notwendigkeit einen mir passenden Takt festzulegen. Für dich dauert eine Minute gerade mal sechzig Sekunden, ich dagegen könnte aus diesen Sekunden Tage machen. Es ist, als wenn man einen Holundersirup mit viel Wasser verdünnt. Wenn an einem Ort eine große Skala von Träumen gerichtet werden muss, so dehne ich mir die Zeitstrecke aus, kann also gelassen und entspannt an allem simultan arbeiten ohne dass auch nur ein Gedanke vernachlässigt wird. Was sehr schön praktisch daran ist: Die Dehnung bezieht sich nur auf die Tätigkeitsfelder, auf die Umgebung und den Träumenden selbst – alles wird in einer geschlossenen Dimension versiegelt. Demnach ändert sich außerhalb der Werkfläche nichts: Mein Zuhause hier bleibt von der Dehnung unangetastet; Fauna und Flora dieses Waldes wie auch die unbeteiligten Menschen – alle behalten ihren mit gleichem Gefühl gelebten zeitlichen Takt bei. Um noch mal auf deine Frage zurückzukommen: Ich kannte auch deine Träume und an jene, die gerichtet werden mussten, erinnerst du dich vermutlich noch heute, da sie ehedem von wichtiger entwicklungsrelevanter Substanz waren. Und für eine geraume Weile prägten sie stark dein inneres Wesen, wie ich zu meinen vermag. Aber, Enno, bist du nicht müde? Ich sehe, wie schwerfällig die Bewegung deiner Augenlider wird – noch ein paar Minuten und du schläfst mir hier am Tisch ein. Also, auf dich wartet jetzt ein wohliger Ruheplatz und das passt mir gut, denn tiefe Nacht bricht heran und meine Arbeit muss getan werden."

„Du hast Recht, ich bin ziemlich schläfrig. Wo könnte ich mich denn hinlegen?" Er nimmt eine an einer Wurzel befestigte Schnur, löst den Knoten und lässt von oben ein etwas größeres Bündel herabkommen, worin mehrere Bettutensilien enthalten sind – so stellt mir der Bär mit wenigen Handbewegungen ein Feldbett zusammen. Nun bin ich mir aber nicht ganz sicher, ob es tatsächlich für mich gedacht ist, weil die Liegefläche ihrer sichtbaren Länge nach mir eher nur bis zu den Knien reicht. *So könnten dann die Füße unverhofft während der Nacht hier unter der Buche Wurzeln schlagen und mich damit zu einem winzigen Bestandteil des Waldes werden lassen*, denke ich, *sozusagen umweltfreundlich für immer entsorgt – aus und Ende. Dann bliebe ich hier in dieser erdigen Stube, müsste dem Bären jeden Tag Gesellschaft leisten und vielleicht – in seiner Tradition verwurzelt – ihm ewig etwas backen. Oder aber ich werde bewusst gefangen gehalten, damit ich später und immer wieder als humanoides Testobjekt für seine Traumforschungen fungieren kann. Des Tannennadelbären schlauer Plan? Gruselig-lustige Aussichten! Ich glaube, es wird Zeit für den gesunden Schlaf, da ich schon so abstrus wachträume.*

Müde und noch mal müde habe ich jetzt vor, mich einfach auf die Liege zu werfen – doch aus dem Hintergrund höre ich: „Enno! Neben dir steht eine alte Holzkiste – stell sie dir als passende Verlängerung ans Bettende, damit auch deine Füße Erholung finden und nicht in den Boden wachsen müssen." *Aha, klingt gut – als ob er es gerade aus meinen fluiden Gedanken geschöpft hätte. Ich kann also morgen und die Tage danach noch freien Willens im Walde spazieren, mich gegebenenfalls unter der Mittagssonne wärmen, frühlingsfrische Schwarzwaldluft in beliebigen Mengen atmen ... Was für eine Freude!*

Ich bemerke, dass mein Freund, der Bär,

sich langsam auf den Weg macht, sicher seiner Berufung folgend begibt er sich schon bald hinaus in die Nacht. Jedoch packt er zuvor noch ein winziges Täschchen mit mehreren trockenen Pflanzen voll, die er den wohlgeordneten Gläsern entnommen hat. Dann klettert er routiniert über die Wandwurzeln hoch bis zur Wölbung der Decke, wo ein vertikaler Gang durch den Stamm der Buche seinen Anfang nimmt. Schon in der Öffnung steckend sagt er noch: „Na dann, meine Arbeit ruft. Fühl dich hier wie zu Hause, wir sehen uns dann am frühen Morgen – gute Nacht!" Und weg ist er, hat noch schnell mit einer Hand die Klappe hinter sich hochgezogen und damit den dunklen Gang verschlossen. Ich nehme mir die Holzkiste, verlängere damit mein Bett und lege mich hin. *Ein echter Genuss, sich dem ersehnten Schlafe auszuliefern!*

Dieser Moment erinnert mich an die Zeit, als ich mit Freunden in Feuerland war. Zu fünft haben wir uns an einem zufällig nicht stürmisch-regnerischen Tag einen gemütlichen

Ausflug am Canal Beagle gegönnt. Nachdem unterwegs einstimmig die Siesta ausgerufen worden war, war es uns sogar möglich, optimal für die Pause passend eine der schönsten Stellen direkt an der Küste zu bekommen – weiträumig mit wunderschönem Südpanorama ergänzt. Am Anfang wurde munter geredet, gelacht und nicht zu knapp gevespert. Dann visierte jeder leise für sich eine windgeschützte Stelle an und warf sich flink dorthin. Nur noch die grandiose Geräuschkulisse der dortigen Natur herrschte über die umliegende Landschaft. In einer Bodenmulde lag ich, von größeren Steinen umgeben, auf Wärme stauendem Gras, ein schwacher Windhauch brachte den kalten, feucht-frischen Duft des Meeres mit sich und auch das Bewusstsein, dass wir hier in einer der stürmischsten Gegenden unseres Planeten weilen – und dabei gerade so friedlich anmutendes Wetter genießen durften. Ich für meine Wenigkeit kann behaupten, für einige Minuten im Paradies gelegen zu haben. Doch schlafen konnte ich dort nur wenig, denn wie in den Tagen zuvor schaffte es ein ortsbezogenes Thema aus einem kürzlich gelesenen Buch, mich erneut aufzusuchen und dieses zerstreute in der Stille dann langsam die Paradiesgedanken. Es war konkret der schattige Leidensweg der „Yámana", die mit anderen Völkerstämmen seit Urzeiten in dieser Region im Einklang mit der Natur gelebt hatten, dann aber von der Welt des modernen Menschen zugrunde gerichtet wurden. Dieses Unglück hat an vielen Stellen dieses Landes seine prägnanten Spuren hinterlassen, einen stets vom Winde überall hingetragenen Inhalt, der sich unnachgiebig dem Vergessen entgegenstemmt. Er hatte sich auch in meinem Gedächtnis eingenistet – und zu Recht wies er mich immer wieder verpflichtend darauf hin, über die undurchschaubare innere Komplexität des menschlichen Wesens nachzudenken.

In diesem Punkt müsste ich der Aussage des Tannennadelbären zustimmen, dass nicht jeder Kontakt mit dem sogenannten zivilisierten Individuum einen Vorteil mit sich bringt.

Den Yámana wurde der Weg in die zukünftigen Generationen verwehrt und das Recht, nach eigenem Willen zu existieren grausam entrissen.

Als wir uns am Abend alle zusammen vor meinem Zelt zum Teetrinken versammelt hatten, wurde unter anderem auch dieses Thema angesprochen. Und wir waren uns einig, dass der Mensch zwar aus seinen Irrtümern lernt, die daraus gewonnenen Erfahrungen jedoch oft recht schnell vernachlässigt und es folgenden Generationen damit unbewusst gestattet, die Fehler der Vergangenheit neu zu begehen. Und so geschieht es: Nur in wenigen Nuancen abweichend wiederholt sich die Geschichte immer wieder aufs Neue. Uns wurde dabei etwas mulmig zumute, aber glücklicherweise gab es noch den heißen Kräutertee mit schwäbischem Advents-Früchtebrot von Thomas' Mutter – genau die richtigen Stimmungsheber in dieser Situation. Dazu kam noch eine natürliche und unübertroffene Heiterkeit des Duos Thomas und Huges, eine allweil willkommene Medizin gegen sämtliche manchmal vorkommenden Tiefs unserer persönlichen Launen. Sie beide mit Michael, Ralf und meiner Wenigkeit haben dann noch bis in die späte Nacht breit lachen können und wir haben uns ausgelassen unterhalten. Nach meiner Erinnerung durfte ich in der damaligen Nacht wirklich sehr ausgiebig und erholsam schlafen. *Wie hoffentlich auch jetzt, hier im Hause des Bären auf dem verlängerten Bett.*

Ein Blütentag unter Freunden
✻

„Guten Morgen!", vernehme ich wie aus der Ferne, „guten Morgen!" etwas näher. Das ist der Tannennadelbär: Kurz nach Sonnenaufgang vor meinem Bett stehend versucht er, mich wachzurütteln und aus einer tiefen Abwesenheit zu holen.

„Komm, Enno, ziehe deine Schuhe an, wir werden gleich gehen. Der Einohrhase hat uns nämlich zum ‚frühen Essen' eingeladen." *Wie? Ein echter Hase? Mich sollte hier eigentlich nichts mehr wundern.* Also mache ich mich etwas frisch und folge der Aufforderung meines Freundes. „Heute ist der Blütentag, an dem wir manchmal gemeinsam essen, bevor dann jeder anschließend für sich seine Ruhephase anzutreten wünscht", erklärt der Tannennadelbär. „Einohr ist nämlich genauso wie ich für gewöhnlich im Morgengrauen bereits mit der Arbeit fertig."

Am hellen Tage geht es mir viel besser mit dem Laufen: Des Bären Tempo lässt sich dank der Sonne deutlich leichter folgen und ohne dass ich seekrank werde. Wir müssen uns allerdings im Zickzack bewegen, weil der Tannennadelbär sehr sorgsam auf seine Deckung achtet, zumal wir nahe einer grünen Wiese gehen und später teilweise sogar an Bauernhöfen vorbei. Mir kommen zeitweise mehrere vertraute Gerüche in die Nase und damit werden einige Erinnerungen wach – viele schöne, die ich gerne für immer verwalten möchte. Und weil ich soeben in einen Kuhfladen getreten bin – tja, auch so etwas weckt Erinnerungen, darf erwähnt werden. Ich muss nicht lange warten, bis mein Freund, ohne sich umzudrehen, sagt: „Enno, bevor wir des Einohrhasen Heim betreten, solltest du deinen linken Schuh in fließendes Wasser stellen und ihn sauber machen, am besten dort drüben im Bach. Der Darminhalt einer Schwarzwälder Milchkuh passt nämlich nicht zum frühen Essen am Blütentag. Der Schuh riecht sehr streng, sogar auf Entfernung, und Einohr ist kein gewöhnlicher Hase – oh nein, er nicht."

Ein verlegenes Lächeln breitet sich auf meinem Gesicht aus und ich bin ehrlich gesagt gerade jetzt besonders froh darüber, auf den Bach zu stoßen.

Ich erinnere mich an eine Reise, während der ich mit Rainer in den Pyrenäen wandern war und mich unfreiwillig mit einer ähnlichen Situation beschäftigen musste. Wir waren an einem richtig sommerlichen Vormittag per Anhalter in ein schönes Tal gekommen, das uns nun zu Fuß weiter zum höher gelegenen Pass führen sollte – so weit, so gut. Doch schon zum Beginn dieser Etappe brachte ich es fertig, in einen Fladen zu treten. Man sagt, dass so etwas Glück verheißen würde, aber von wegen: Mir hat es nur dicke Mistfliegen beschert. Die glühende Sonne hatte die Luft an manchen Stellen im Tal so aufgeheizt, dass noch mehr getrunken und damit auch noch mehr Schweiß verteilt werden musste – das alles zur Freude der molligen Insekten. Sie konnten sich an meiner Statur entlang, rasant in ihren Flugbahnen bis zum Gesicht, um mich herum immer höher schrauben, den intensiven Gerüchen nach, unmittelbar und überall am Körper. So verging mir langsam der Spaß am Steigen und als dann gegen Mittag Rainer die erhoffte Brotzeit vorgeschlagen, wir auch an Tempo verloren hatten, war für mich offensichtlich und endgültig klar, dass die Anzahl der lästigen Flugobjekte sich steigerte, je langsamer ich wurde. *Nun, hier wird eine Pause wohl wenig Genuss aufkommen lassen*, dachte ich mir, also latschte ich lustlos weiter. Etwas später holte mich der liebe Rainer ein und meinte lächelnd: „Du, Enno, der Fliegenschwarm könnte dir ja nützlich sein: Binde sie doch alle an deinen Rucksack, dann schwebt er wie von allein hoch zum Pass, das wäre doch eine gute Symbiose." *Der lustige Rainer.*

„So, da wären wir!", meldet sich der Tannennadelbär. „Vor uns, zwischen den Felsen, dort lebt unser Einohr. Der hat sicher schon etwas vorbereitet – er ist einer der Fleißigsten, der liebe Hase." Ich erkenne aus mehreren Metern Entfernung tatsächlich einen „Lepus europaeus", der, wie vom Bären schon erwähnt, nur ein Ohr besitzt. Ansonsten scheint er weitgehend „normal" zu sein. Wir zwingen uns durch längere Spalten bis zu einem innenhofähnlichen Bereich, der nach oben offen, mit bemerkenswert geformten Sandsteinfelsen und vielen Kletterpflanzen von der Außenwelt abgeschottet ist. *Wie aus einer Fabel ausgeschnitten wirkt er,* finde ich. *Ein seltsamer Ort.* Drinnen angekommen begrüßen sich die beiden mit freundlicher Umarmung, laut kichernd und auf gewisse Weise koboldmäßig. Dann setzen wir uns unter eine geflochtene Überdachung dicht an einer roten Sandsteinwand. Aus direkter Nähe werde ich nun vom Hasen vorsichtig, aber merklich im Detail begutachtet. Er fragt mich: „Kann ich dir trauen? Du bist doch irgendwie ein Mensch – stimmt's?" Der Tannennadelbär wendet sich zu mir und erklärt: „Das kommt daher, weil der Einohrhase vor langer Zeit schon einmal körpernah den Weg eines Menschen gekreuzt hat. Seitdem hört der Gute bloß noch auf ei-

nem Ohr – das andere wurde von diesem Jäger weggeschossen und es war Glück im Unglück, dass es nur beim Ohr geblieben ist."
Mensch, oh, Mensch. Ich glaube, diese Geschichte kommt gar nicht gut! Wird sich jetzt der Hase womöglich mit dem frühen Essen an mir rächen wollen? Doch Minuten vergehen und nichts deutet darauf hin – das Gegenteil ist der Fall: Er reicht mir seine Pfote und sagt: „Des Tannennadelbären Freunde sind auch meine Freunde, lasst uns gleich essen." Mir fällt ein Stein vom Herzen.

Ich frage mich nebenbei, warum wir Lebewesen uns so oft jagen und gegenseitig fressen müssen. Vorteilhafterweise stehen wir Menschen ganz oben in der Nahrungskette, sind von keinem hungrigen Erdbewohner unmittelbar bedroht. Doch viele der Übrigen sind gezwungen, stets um den eigenen Leib zu fürchten und im Grunde genommen permanent im Kriegsmodus, da vielleicht Gefahr in Sicht – und ebenso angriffslustig, wenn der Hunger nagt. *Gibt es eventuell andere Planeten voller lebender Subjekte, die ihre Existenz komplett anders gestalten? Bei einer derart unglaublichen Anzahl an Galaxien und ihren Sternen – gewiss, ja. Wäre interessant, wenn beispielsweise Magnetfelder für die Körperenergie-Gewinnung nutzbar gemacht oder wenn natürlich vorkommende chemische Elemente in ihrer reinen Form direkt als Nahrung aufgenommen werden könnten.* Etwas Ähnliches, wenn auch nur im Ansatz, gibt es sogar bei uns in der Tiefsee – zu beobachten am „Schwarzen Raucher", wo kleine Lebewesen ganz ohne Sonnenstrahlung auf der Basis von Substanzen aus dem Erdinneren in Kombination mit der Geothermik und in einem sehr speziellen Refugium munter miteinander zurechtzukommen scheinen.

Im Alter von etwa neun Jahren spielten wir manchmal nach der Schule, verkleidet als fremdartige Wesen, wir seien Aliens von fernen Welten. Ich für meinen Teil war eins mit blechernem Topf und alter Aluminiumantenne auf dem Kopf – ein Fremder, der sich nur durch Blitzenergie ernähren konnte. Die Mädchen aus der Nachbarschaft hingegen waren alle drei zusammen ein einziges körperloses Geräuschwesen, das von der Bewegung der übrigen vorhandenen Elemente lebe. Das finde ich persönlich im Nachhinein sehr spannend, denn es entsprach exakt der Veranlagung meiner kleinen Phantasiewelt. Bei einsamen Fahrradtouren grübelte ich damals oft darüber nach, ob ein Lebewesen, um präsent sein zu können, wirklich den dreidimensionalen materiellen Körper braucht. *Die Antwort hierauf kennt mit Sicherheit nur ein sibirischer Schamane, denn er weiß seine irdische Schale für Augenblicke zu verlassen,* dachte ich mir. *Und heute, heute hält sich meine Wenigkeit im „Dazwischen" auf: und obwohl niemals ein Schamane – bin ich aus der Schale, dann mit Glück eventuell erneut in sie hinein. Wer weiß ...*

„Enno! Du scheinst mir irgendwie abwesend." Das kommt von Einohr, der mich etwas zu schütteln versucht. „Probiere doch von meiner Blütensuppe. Vom Tannennadelbären habe ich gelernt, wie sie zubereitet werden muss." Aus dem Nichts heraus steht plötzlich direkt vor mir ein recht großes und schönes Gefäß, dessen Erscheinen ich wohl ausgeblendet haben muss, derweil ich in den letzten Minuten möglicherweise einem kurzen Traum verfallen bin. Es duftet kräftig, einer Gemüsesuppe ähnlich, und je mehr ich daran rieche, desto lauter knurrt mein Magen. *Der beachtlichen Menge nach dürften wir uns jetzt so richtig in gerütteltem Maße die Bäuche füllen – allerdings nur, sofern es meinerseits der Geschmack erlaubt, denn was die Lepus so zu sich nehmen, ist mir nicht ganz geheuer. Man sagt ja, die würden ihren Kot nach der Ausscheidung teilweise wieder aufnehmen, um während der erneuten Verdauung die restlichen Vitamine und die noch vorhandenen Nährstoffe vollständig zu verwerten. In diesem Sinne – guten Appetit! Aber wenn der Hase schon Suppe kochen kann, die inhaltlich wohl dem Blütentag verschrieben ist, dann sollten mir meine Bedenken nicht mehr den frühen Morgen trüben. Und sei's drum – Bärenhunger habe ich ja!* Einohr ist naturgemäß sehr schnell. Mir in diesem

Augenblick zuvorkommend, sieht er mich fragend an – mal von einer, dann von der anderen Seite –, überlegt ein paar Sekunden und sagt dann: „Zweifel sind dir ins Gesicht geschrieben, Enno. Keine Bange, es ist nur ganz frisches Gemüse, mehrere Blütenarten, wenige seltene Pflanzen – alles erst kürzlich eingesammelt."

„Klar doch, danke dir!" Also probiere ich einen Löffel voll, schöpfe dann noch mal nach und dann erneut – die Suppe schmeckt super! Respekt für den Hasen! Ich grinse und die zwei seltenen Brüder lachen, dann schlürfen wir gemeinsam weiter. *Bin gespannt, welche delikaten Speisen mich in diesem Walde noch erwarten – die Zeit, um vieles auszuprobieren, hätte ich ja. Mich würde interessieren, ob sich viele in dieser Gegend Hausenden untereinander kennen, wie beispielsweise die beiden sonderbaren Freunde hier.* Erst jetzt beim Essen fällt es mir ein, dass ich den Tannennadelbären noch gar nicht nach seinem vom Kopfe emporwachsenden Zapfen gefragt habe. *Ist dies möglicherweise ein*

Überbleibsel aus der frühen Phase der Evolution?, überlege ich. *Hat dieser Zapfen eine Funktion oder gilt er ihm nur als Schmuck? Lustig sieht er damit allemal aus.*

Nachdem die Gemüter mit leckerem Essen zufriedengestellt sind und sich in jeder Hinsicht glücklich zu schätzen scheinen, ertönt ganz unerwartet leise in der Ferne ein für mich bekannter Ton. Es ist die Turmglocke einer benachbarten Ortschaft, sie läutet zur Mittagszeit und vermittelt mir damit gleichzeitig das Gefühl einer bestimmten Zugehörigkeit. Ich werde von Heimweh ergriffen und eine innere Stimme sagt leise: *Zu dieser Ebene möchte ich zurück.* Angenehme Frühlingstemperatur lädt uns zu der nachstehenden Pause ein – und weil der Bär wie auch der Hase in der Nacht beruflich unterwegs waren, brauchen sie jetzt dringend Erholung, sie strecken ganz behaglich ihre Beine zur Sonne hin und legen sich, bereit für den Schlaf, aufs Gras. *Ich für meinen Teil habe schon die nächtliche Ruhe auf dem verlängerten Bett genossen und bin eigentlich wach und rüstig für den Rest des Tages. Es wäre also sinnvoll, diese Gelegenheit auf irgendeine Weise auszunutzen. Ich könnte mich vielleicht etwas in der Gegend umschauen und in der Landschaft nach vertrauten Merkmalen meiner früheren Zeit suchen, wofür sicherlich ein Aussichtspunkt gewisse Vorteile hätte.* Hierfür bietet sich ein fast senkrecht nach oben zulaufender Riss in der Wand, der, wie in einem Lehrbuch dargestellt, perfekt zum Erklettern geeignet ist. Beim Steigen stelle ich mit Freude fest, dass ich trotz meines Alters noch nicht vollständig eingerostet bin und es mir sogar erlauben kann, ein paar elegante Bewegungen und Kletterfinessen auszuführen, um den Weg hinauf auf gutem Niveau voll auszukosten. Dieser Zustand ist aber leider nur von kurzer Dauer, denn über meinem Kopf entdecke ich überraschend ein etwas älter aussehendes Vogelnest, das von wenigen eingeklemmten Ästen und Steinen scheinbar stabil gehalten wird und nicht unbewohnt ist. *Hm, hier ist wohl Schluss mit der Eleganz*, denke ich. *Damit des*

Ennos bescheidene Präsenz keine Schäden hinterlässt, muss er deutlich exponierter in die Griffe fassen, das Gleichgewicht gewagt verlagern und darübersteigen – so mein Gedanke. *Dies wird mich einiges von der Kraft der Blütensuppe kosten,* ist mir bewusst. Während ich so schwitze und gerade dabei bin, meine Hüfte über das Nest zu schwenken, machen sich im Inneren des geflochtenen Zuhauses zwei kleine graubräunliche Vögel bemerkbar. *Eigentlich nichts Ungewöhnliches, ich bin ja davon ausgegangen, dass drinnen jemand wohnt* – wäre nicht der plötzlich schrill schallende Spruch in meinen Ohren: „Enno, Enno – pass auf, wo du hintrittst! Pass auf, Enno!" Ich rutsche hierbei fast ab. *Nun, auf die Frage, ob sich in hiesigem Walde viele untereinander kennen, wäre die Antwort somit geliefert.* „Seid ihr aber schräge Vögel!", schreie ich ein wenig irritiert zurück.

„Wer, wir? Genau genommen hängst du hier schräg über uns, nicht wahr, Enno?" *Das stimmt irgendwie schon.* Ich muss noch schnell meine Lage stabilisieren und mich gut einklemmen, bevor ich die beiden richtig ansehen kann. Wie es mir aus dieser Perspektive scheint, sind es vermutlich junge Turmfalken, die gerade auf ihre Fütterung warten. *Apropos essen, fressen und gefressen werden: Wenn zum Beispiel eine Maus mit dem Tannennadelbären befreundet wäre, müssten sich der Bär und der Turmfalke da nicht in einem natürlichen Konflikt befinden? Wie machen sie das, wenn sie sich unter Umständen gegenseitig jagen und verspeisen, dass sie trotz allem noch miteinander reden können? Oder sind alle hier in der Gegend Vegetarier, sammeln Früchte, backen Kuchen und kochen Gemüse? Das sollte mal bei Gelegenheit erfragt werden.*

Meine Muskeln brauchen dringend Entlastung, ein Positionswechsel ist jetzt unausweichlich – *also weiter hoch auf den Felsen.* Die Vögel fragen noch laut: „Enno, kommst du noch mal hier vorbei? Wir würden gerne etwas über deine Welt erfahren, sie aus der Sicht eines Menschen zu verstehen versuchen. Unsere Eltern sagen, ihr seid sehr komplexe Wesen."

„Wenn dies euer Wunsch ist, so soll es geschehen. Also, bis dann!" Ich muss mich recht kurz fassen, die Beine wollen nämlich nicht mehr lange tragen. Daher schenke ich den Winzlingen noch ein Lächeln und konzentriere mich anschließend erneut auf das Klettern. Nach wenigen Metern ist es geschafft, ich bin auf dem Miniplateau angekommen – es ist leicht begrünt und mit breiter Fernsicht gesegnet – wie geschaffen, um ein bisschen zu Faulenzen. Links von mir sehe ich einige Wiesen und kleine Ackerflächen, die wahrscheinlich der nahen Ortschaft zugehören. In Richtung Süden blickend erkenne ich den sanften Umriss der Schweizer Alpen am Horizont, als wenn diese hinter einem dünnen Traumschleier versteckt worden wären.

Ich kann mich noch sehr gut erinnern, früher häufig in die Schweiz gefahren zu sein, natürlich vor allem wegen der grandiosen Berge. So ein kleines Land mit derart vielen wunderschönen Hügeln! Putzige Dörfer, köstliche Schokolade, himmlisch schmeckender

Käse – und Atombunker. Während meiner ersten Bergtour in einem der idyllischen Kantone kam ich zum ersten Mal und zufällig an einem dieser Schutzbauten vorbei, wo es ein paar Überwachungskameras zu sehen gab, Stacheldraht und eine gewisse unauffällige Toranlage dazu. Als meine Freunde dies gar nicht weiter beachteten, war ich etwas verblüfft. Gerade noch in einer schönen gemütlichen Berghütte übernachtet und jetzt einen grauen Bunker passierend ... Ich fragte dann nach, wie sie denn mit derartigen Kontrasten umgehen mögen? Gabi meinte gelassen und mit ironischer Stimme: „Die netten Schweizer, sie bohren nicht nur gute Tunnel. Morgen haben wir Sonntag – wundere dich nicht, Enno, wenn es um uns herum Gewehrschüsse zu hören gibt. Manche Männer hier begeben sich nach der heiligen Messe direkt vom Gebet aus der Kirche hinaus zum Schießübungsplatz – auch deshalb, weil jeder von ihnen laut Gesetz und offiziell immer einsatzbereit sein muss, dem Land im Verteidigungsfall schnell dienen zu können, bewahren die Jungs mitunter ihre Militäruniformen und Dienstwaffen daheim auf. Es gibt bei uns einen alten Spruch, der lautet: ‚Die Schweizer haben keine Armee – sie sind die Armee.' In diesem Land begegnen sich beispielsweise beinahe täglich die sehr bekannte Aluminiumtrinkflasche und eine Munitionshülse – gleichberechtigt und ganz selbstverständlich. Beste mechanische Uhrwerke werden hier liebevoll höchst präzise gefertigt und zeitgleich Kühe mit Helikoptern zu Weiden in die Berge hochgeflogen. Die Kinder der Helvetia sind schon ein besonderes Völkchen – im Übrigen ein Französisch, Deutsch, Italienisch und Rätoromanisch sprechendes."

Mehrere Jahre danach hatte ich noch einmal Gelegenheit, darüber zu plaudern und zu grinsen – lustigerweise mit denselben Freunden: „Unter uns Höhlenforschern sei gesagt: Die Schweizer klettern auch in den Höhlen jodelnd. Weißt du noch, Enno, während der letzten Sommertour im Sägistal? Tief im Berginneren, von jahrmillionenaltem Gestein bedeckt, hörten wir einmal unter uns ganz unerwartet einer klaren Stimme hoch klingende Töne, wie in einer Kathedrale. In der Mitte des breiten Schachtbodens stand, in einen gelben Overall gekleidet und von einer winzigen Flamme erhellt, eine uns bekannte Gestalt. Dieser Schimmer war unser jodelnder Gerhard – freudig strahlend in seinem Element", meinte Klaus.

In der Schweiz befindet sich auch das inzwischen größte internationale Forschungszentrum für Teilchenphysik, man nennt es CERN. Es ist ein Ort, an dem sich zahlreiche Wissbegierige mit den physikalischen Grundlagen unserer Existenz beschäftigen und so mancher grundlegenden Frage ihre ganze Aufmerksamkeit widmen – unter anderem der wichtigsten: Was ist eigentlich unser Universum und wie hängt denn darin alles zusammen? Sicher sehr spannend, solchen essentiell bedeutenden Themen auf den Grund gehen zu können – und schön, wenn diese

Arbeit unter uns normalen Menschen viel Anerkennung findet. *Und meine Wenigkeit? Wie ist es um den eigenen Verlauf der Zeit bestellt? Ähnelt er einer Kugel oder gleicht er einer Linie? Das werde ich schon bald erfahren. Doch im Augenblick ist etwas Faulenzen hier oben angesagt. Da ich ja nun mal noch irgendwie vorhanden bin, nutze ich die Gunst der Stunde, schöpfe genüsslich Ruhe.*

Gegen Nachmittag bewegen sich die Baumwipfel an meinem Felsen zunehmend stärker. *Möglicherweise ist da etwas Lebendiges in den Ästen,* denke ich mir – und wie recht ich habe! Der Tannennadelbär ist wach, er klettert munter über die Bäume zu mir hoch, hockt sich neben mich aufs Gras. „So, so, Enno, du hast es dir hier oben aber ganz schön gemütlich gemacht. Lass uns noch gemeinsam ein Weilchen sitzen und etwas mehr von den unentbehrlichen Sonnenstrahlen einfangen – diese Energiespende tut ja Leib und Seele gut. Unser gütiges Zentralgestirn! Für euch Menschen ist es ja ein in hohem Maße wertvolles

Sinnbild, in der Geschichte oft besungen und vielfach umschrieben."

„Also, weißt du, Bär, weil es dich schon unfassbar lange in dieser Welt zu geben scheint und du im Dienste der träumenden Lebewesen vermutlich für immer verwurzelt bist, wollte ich fragen – naja, wenn es nicht allzu unhöflich wäre –, wie alt bist du denn? Und kannst du eigentlich noch älter und richtig alt werden? Wird die Flamme deiner Zeit auch irgendwann erlöschen?"

„Oh, Enno, das ist ziemlich viel auf einmal. Aber unhöflich ist es gar nicht – du kannst mich fragen, was du willst und wann du es wünschst. Und mach dir keine Sorgen, denn in unserem Universum endet nichts, genauso wie nichts verloren geht. Die Vergänglichkeit in eurer Dimension ist relativ. Aus Erfahrung sage ich dir, lieber Enno, einzig der formell wahrnehmbare Zustand stellt sich einem Wandel, wie es dir in eigener Sache schon bekannt ist – der Aufenthalt im ‚Dazwischen' ist ein Beispiel dafür. Wir, die traumrichtenden

Wesen, reisen als klitzekleine, Samenkörner durch das All und weil unsere so leichte körperliche Fassung mit dem Sternenstaub zur Erde sinken kann, sind wir im Grunde überall auf diesem Planeten gleichmäßig verteilt. Zu gegebener Zeit, wenn sich zwei bestimmte Sterne am Firmament sichtlich begegnen, geht der kleine Samen in Sekundenschnelle auf. Zunehmend wird daraus eine Gestalt erkennbar, größer und größer – sie unterscheidet sich im äußeren Bild je nach der Region, in der sie gedeiht. Die im Inneren verankerte Berufung bleibt jedoch überall die gleiche, egal wie viele Tausende von Meilen von dem anderen entfernt ein solches Körnchen heranwachsen mag. Diese Gabe, für andere Lebewesen mit guter Tat immer da zu sein, ist der Sinn unserer Existenz. Jede Hilfestellung, jeder Beistand und jeder zum Guten gerichtete Traum bringt mich auch in der eigenen Entwicklung ein Stückchen weiter nach vorne und damit in die Nähe einer Singularität, wo wir alle irgendwann unsere Namen hintragen."

„Heißt das, du und der Guckelmuck und alle anderen – ihr seid früher oder später weg von der Bühne der Lebenden?"

„Nicht doch – zumindest nicht so ganz. Enno, ich habe dir bereits erklärt, dass sich nur unsere äußere Erscheinung einer gewissen Wandlung unterzieht. Den Guckelmuck treffe ich irgendwann erneut. Allerdings hat jeder von uns für sich einen spezifischen Zeitpunkt für das Eintreffen. Dies hängt im Wesentlichen von der persönlichen Reife ab, die individuell unterschiedlich erreicht werden kann. Beispielsweise wäre die Tookenta schon nach dreihundertfünfzig Mondphasen reif, der Hanntelperrki dagegen braucht vielleicht einige tausend Mondphasen, bis er seinen Heimflug genießen kann."

„Klingt interessant! Das würde heißen, dass dem, der gar nichts Gutes bewirkt, die Reise verwehrt bliebe – er müsste demnach für immer hier bei uns Träumenden hocken bleiben. Tja, dann verstehe ich, warum du, Bär, jede Nacht so fleißig bist. Doch wünschst du dir diese Wandlung denn wirklich so rasch? In der Singularität gibt es vielleicht keinen Heidelbeerkuchen", sage ich – natürlich mit einiger Ironie die er hoffentlich auch versteht.

„So, so", sagt er, „der Kuchen wäre tatsächlich ein schmerzhafter Verlust. Ich habe aber noch unzählige Mondphasen vor mir, Enno. Außerdem richtet man eure Träume nicht, weil man es muss – es ist keine Strafe. Wir tun es mit einem Gefühl, etwas Gutes bewirken zu können – es ist, wie schon erwähnt, eine Berufung und für uns eine Ehre, etwas Derartiges verrichten zu dürfen. Ob ich nach tausend Mondphasen zur Wandlung komme oder nach siebenhunderttausend – das spielt eigentlich keine große Rolle. Einzig die Reife ist für mich entscheidend und diese wächst eben unterschiedlich, da auch wir sehr verschieden sind. Irgendwann fällt der Apfel vom Baum, eben ganz von allein. Und wie steht's um dich, Enno? Bist du schon ‚vom Baum gefallen'? Schließlich könnte man dieses Modell auch auf euch Menschen übertragen – zumindest teilweise, denke ich."

„Nun ja, an einem gewissen Punkt im Leben angekommen, reflektiere ich oft über eigene Erfahrungen und werte die vergangene Zeit bedacht und weitsichtig. Ich stelle dann meistens fest, dass ich davor, vor diesem Zeitpunkt, eigentlich nicht reif gewesen bin und zukünftig noch einiges für meine persönliche Entwicklung tun könnte, damit ich irgendwann die richtige Reife erlangen kann. Dies wiederholt sich häufig. Unzählige Jahreszeiten wechselten und ich war nach wie vor stets mit dem Wunsch nach Perfektion konfrontiert, konstant ein bestimmtes Optimum intuitiv für mich suchend. Nun muss ich mich in der jetzigen Situation aber fragen, ob man als wahrhaft lebender Mensch jemals wirklich eine absolute Reife erreichen kann. Bei uns ist es zuweilen etwas komplizierter als bei euch, den Traumrichtenden, erlaube ich mir zu behaupten. Außerdem: Auch wenn man in dem Stadium angekommen wäre, wäre dieses nicht an den Zeitpunkt einer Reise gekoppelt und würde in keiner Beziehung zur Wandlung des Äußeren eines Individuums stehen, wie es bei dir, lieber Tannennadelbär, der Fall wäre."

„Dem stimme ich gerne zu, Enno. Dass eins mit dem anderen nicht zusammenhängt und es hier keine Abhängigkeiten geben muss, liegt ja auf der Hand. Wir wissen, dass es auch Menschen gibt, die nicht unbedingt in der Lage sind, sich der Suche nach Besonderheiten zu widmen oder einem Prozess der Reife Energie spenden zu können – dafür gibt es viele Gründe: Wenige möchten und brauchen es nicht, andere können es einfach nicht, weil die äußeren Rahmenbedingungen es ihnen nicht gestatten, da sie zum Beispiel ihre gebündelten Kräfte auf das einfache tägliche Überleben konzentrieren müssen. Aus meiner eigenen Erfahrung weiß ich, dass die meisten Menschen nach dem Guten im Leben streben und manchmal auch unbewusst in gewisser Weise nach einer bestimmten Vollendung suchen. Zudem ist klar, dass euch dafür nicht immer ausreichend Möglichkeiten und genügend Zeit gegeben ist. Manch einer wechselt einfach in eine andere Dimension, ohne es richtig geschafft zu haben, einer Harmonie nahegekommen zu sein. Man nimmt dann vieles einfach mit auf den weiteren Weg, um irgendwann später diesem Zustand, einer Stufe der Vollkommenheit, zu begegnen. Der Zeitpunkt einer Reise und ein Gefühl der Reife hängen also nicht unbedingt zusammen, nicht voneinander ab. Doch bei euch wird gerne gesagt: ‚Alle Wege führen nach Rom', oder? Es ist tatsächlich so, dass ausnahmslos jeder früher oder später an sein Ziel kommen wird – auch du, Enno."

„Also, Bär, wenn du es sagst, dann wird es auch so sein", behaupte ich mit einem befreienden Seufzer, nachdenklich leise und etwas verzögert. Der Tannennadelbär richtet seinen Blick nach oben in den blauen Himmel, als ob er gerade feststellen müsste, dass es bald regnen wird. Doch was kommt, ist die Ansage: „Und hier kommt der Besuch."

Dann, wie aus dem Nichts, fällt ein Vogel

auf uns herunter. Nun ja – er landet eigentlich neben uns, und zwar so schnell, dass mir kaum Zeit bleibt, ihn einer bestimmten Gruppe zuordnen zu können. Nach einigen Sekunden klärt sich die Lage, in dem ich mir sicher bin, den Turmfalkensenior an meiner Seite zu haben. *Ob wir uns über seine Essgewohnheiten unterhalten werden? Praktischerweise ist auch der Tannennadelbär anwesend, die Maus jedoch nicht – und das ist vielleicht besser so, denn dies könnte für uns alle kompliziert werden.* „Siehe da, Eppio beehrt uns mit seiner Gesellschaft. Ich darf dir vorstellen: Das ist Enno – ein Mensch, der vorläufig zwischen den Ebenen weilen muss, bis für ihn die Sterne günstig stehen. Und Enno, dir gegenüber aufrecht stehend: Eppio, ein exzellenter Flieger und mutiger Geselle. Wir kennen uns schon eine Weile, was dich sicher nicht überrascht, oder?"

„Warum sollte mich hier noch etwas überraschen?", sage ich mit froher Stimme und wir grinsen ausgiebig. Eppio kichert auf seine Art – sehr merkwürdig, mit einem hoch quietschenden Geräusch, wie es nach Öl schreiende Türscharniere tun, wenn man sie gegen ihren Willen nach links und rechts bewegt. Ein Freund aus meiner Jungendzeit, der Apotheker Dominik, der lachte genauso. Ich müsste noch ergänzend dazusagen, dass sein Wesen zu den nettesten, klügsten und witzigsten gehört, die ich je kannte. Ich weiß noch, dass in dessen gelegentlichem Rat oft ein besonderer Gedanke gefasst war, der – zwar nur mit kurzem Satz im Ohr hallend, dann aber lange im Gedächtnis weilend – von mir sehr geschätzt wurde. Doch wie es im Leben so ist, verlieren auch die besten Wege sich manchmal in der tiefen Landschaft. So seinen Zielen folgend oder aber irrend durch die große Welt, zieht es einen Menschen fortwährend weiter – seiner Aufmerksamkeit hat er vielleicht übermäßig viele Spielräume zugestanden und damit bereits etwas Wesentliches vernachlässigt, nämlich eine Freundschaft. *Wenn ich aber schon dabei bin, darüber nachzugrübeln ...* „Eppio und Bär, hier kennen sich alle untereinander. Ihr sprecht euch sogar mit Vornamen an – was genau der Punkt wäre, nämlich: Ich kann mir nur schwer vorstellen, dass man in der Lage sein könnte, einen teuren Freund zu verspeisen. Das Prinzip der natürlichen Nahrungskette müsste es aber so vorsehen, nicht wahr? Da nicht alle Waldbewohner Vegetarier sind – wie geht ihr denn mit solchen konfliktreichen Situationen um? Könntest du, Eppio, eine Maus, welche die Freundin des Bären ist, als Mahlzeit betrachten?"

„Nun, so pragmatisch gesehen – ja, das könnte ich. Wobei ich dir von einer relevanten Besonderheit erzählen muss, die den lebenden Menschen unerschlossen bleibt, uns aber das Überleben sichert. Es ist ein Gesetz, mit dem alle Lebewesen in unserer Dimension schon vom Anfang ihres Daseins an vertraut sind. Die darin enthaltene Richtlinie besagt, dass man sich stets einem respektvollen Miteinander verschreiben sollte, sie handelt aber auch von wichtiger Selbsterhaltung in der Not und empfiehlt grundsätzliche Verhaltensweisen im fortwährenden Tauziehen ums Überleben. Dieser Grundsatz beschreibt präzise die letzten Augenblicke einer Existenz und deutet darauf hin, was und wie es zu tun ist, wenn ein Lebewesen in die Rolle des Jagenden oder des Gejagten schlüpft. Über den äußeren Wandel wissen hier im Walde prinzipiell alle Bescheid, dem inneren Regelwerk sei Dank. Um genauer zu sein und deiner Frage besser gerecht zu werden: Kurz bevor die Maus ableben muss und ich einem Jagdinstinkt verfalle, wissen wir beide um unsere Freundschaft oder eine Bekanntschaft nicht mehr. Wenn es um pures Überleben geht, blendet unser tiefstes Bewusstsein automatisch und unverhofft die ansonsten vorhandene Etikette aus."

„Ich als Erdenbürger könnte so einen Zustand als ‚Blackout' bezeichnen", sage ich. „Zugleich aber mündet dieser Moment für mich in vollkommene Rationalität."

„Ja, ja – jede weitere Dimension, auch die kleinste verborgene Welt, bewahrt in sich ihre spezifischen Gesetzmäßigkeiten, die für den einen unverständlich und skurril fremd zu sein scheinen, der anderen Lebensform jedoch von großer Bedeutung, gar überlebenswichtig sind. Und alle haben in einer Koexistenz ihre legitime Daseinsberechtigung", fügt der Bär hinzu.

„Mein Nachwuchs ruft, ich werde mich somit zurückziehen. Bis bald, ihr beiden!" Und während Eppio sich mit der Spannweite seiner Flügel, kaum vernehmbar und doch rapide über uns in die Luft erhebt, richtet er auch noch einen kurzen Satz an mich: „Enno, sei uns daheim herzlich willkommen!" *Es wird mir warm ums Herz. Dies verstärkt noch zusätzlich den Wunsch, meine vergängliche äußere Schale aufsuchen und in die alte Dimension zurückkehren zu dürfen. Wie lange wird es wohl noch dauern, bis das nächtliche Firmament eine mir günstige Sternkonstellation zusammenstellt? Dem Tannennadelbären zufolge sollte ich noch ein wenig Geduld aufbringen – und dann wird es schon, irgendwie …*

Mit eigenen Gedanken konfrontiert
*

„So, die Sonne neigt sich dem Westen. Hättest du, Enno, vielleicht Lust auf einen Spaziergang? Ich würde dir gerne einen meiner Schätze zeigen, einen Findling mit Geschichte."

„Dann also los! Nutzen wir das Tageslicht und die Zeit, bevor du erneut zu später Stunde Träume richten musst – besser gesagt: bevor du so manches zum Guten wenden darfst." Der Bär hat mich gerade unterbrechen wollen, ich bin ihm jedoch mit meiner Korrektur zuvorgekommen, was er sofort mit lustigem Lächeln würdigt. Wir entscheiden uns intuitiv für den über die nördliche Seite des Felsens verlaufenden, vermeintlich kürzesten und leichtesten Weg nach unten. Dieser Abstieg führt allerdings teilweise durch dichten Baumbestand, wo mich so manche Äste mit ihren aufdringlichen Nadeln piksen und kratzen, dass ich am liebsten fluchen würde – *na ja, ein bisschen zumindest*. Dem Bär ist dieser Umstand wohl egal – man könnte ja behaupten, er besteht praktisch nur aus unzähligen Nadeln und er tarnt sich darin dermaßen gut, dass ich fast über ihn stolpere. Doch nichts geschieht und es gelingt uns, heil auf dem kühl-feuchten und nach morschem Holz riechenden Waldboden anzukommen – in einer Ecke, in der sich sicher kaum je ein Sonnenstrahl blicken lässt. *Also ehrlich – auf dem Plateau oben war es so angenehm warm!*

„Ich soll dir, Enno, einen Gruß vom Einohr ausrichten – du warst nicht mehr da, als er aus seinem Schläfchen wach geworden ist. Also, lass uns gehen! Je schneller wir am Zielort eintreffen, umso besser – der Zeit wegen. In wenigen Metern beginnt vor uns ein gut begehbarer und schön angelegter Pfad, den ich früher gerne öfter genutzt habe und auf dem man auch bei schlechtem Wetter wie auch in der dunkelsten Nacht gemütlich vor sich hin treten kann. Außerdem führt er praktischerweise direkt zum Findling, an jenen erdig duftenden Platz, der von Anbeginn an mein Zuhause war. Genau dort fiel ich als winziges

Samenkörnchen, in Sternstaub gehüllt, von Himmelsgewölbe herunter und wuchs rasch zu meiner heutigen Gestalt heran in der Tradition eines Traumrichtenden, so wie ich es dir bereits erklärt habe."

„Bär, weil du vom Samenkorn gesprochen hast – der Tannenzapfen auf deinem Kopf, gehört der zur Tarnung? Spielt er vielleicht eine besondere, eine bestimmte ortsbezogene Rolle? Ich muss zugeben: Bei unserer ersten Begegnung konnte mich nicht so recht entscheiden, welcher Art von Leben ich dein seltsam anmutendes Äußeres zuordnen sollte: den Humanoiden, den Tieren oder aber den Pflanzen? Irgendwie bist du alles in einem, dachte ich mir – ein persönlich bequemer Kompromiss. Aber das mit dem Tannenzapfen beschäftigt mich bis jetzt. Also, sag doch mal: Welche Bedeutung hat er denn?"

„Der Zapfen? Sieht er so auffällig aus? Nun ja, es ist ein Saatträger. In dieser Ausformung und dort oben gibt es ihn, seit ihr Erdenbürger diese Weiten bevölkert. Wie Hand und Fuß gehört auch er zu meiner natürlichen Ausstattung, in seiner Funktion unterscheidet sich dieser eigentlich kaum von den gewöhnlichen Tannenzapfen – einzig in der Zahl der vorhandenen Samen vielleicht. Denn wenn es so weit ist, werden drinnen nur wenige, vielleicht drei oder vier Körner entstehen; dies geschieht einer individuellen Veranlagung nach."

„Du meinst, wenn die Reife erreicht wurde, kommt auch die Zeit für den Samen?"

„Das ist richtig, irgendwann ist es so weit: Wenn ich einem äußeren Wandel nahe stehe und mich auf die Reise begeben sollte, dann fallen die Körner zur Erde nieder, damit die Zukunft unserer Spezies gesichert bleiben kann. Die Anzahl der aufkeimenden Gesellen hat wirklich einen Sinn, wie ich meine, weil mögliches Unglück an jeder Ecke lauern kann – falls der Mensch seinen Blick auf einen der unseren direkt fixiert." Er lässt mit den Handflächen ein lautes Klatschen ertönen und hüpft dabei einmal in die Höhe. Simultan dazu sagt er noch: „Aus und Ende, Tannennadelbär wird zu einer Weißtanne! Wie du schon weißt."

„Könnten wir bitte eine kurze Pause einlegen? Ich habe nämlich das Gefühl, die in mir derzeit noch vorhandene Energie der Blütensuppe restlos aufzubrauchen. Und bei deinem Tempo, lieber Bär – da kann man auf die Dauer ja kaum mithalten."

„Ach, komm schon! Noch ein bisschen, Enno, ein bisschen noch. Hinter dem Teich liegt das gewisse Etwas, das dich sicher überraschen und nachhaltig begeistern wird: Stell dir vor, in einem nahezu neuen materiellen Körper würde tiefgründig-zeitlose Erfahrung stecken. Sie begegnet dem Besucher leise und subtil, weil sie aus seinem oftmals strapazierten Denken hervorgegangen ist. Dieser Findling ist zwar deiner Dimension entsprungen, er pflegt aber beständig viele offene Verknüpfungen zu anderen Ebenen, ist unermüdlich aktiv zu jeder Sternkonstellation."

Mir kommt der Gedanke, diese spezielle

Schilderung könnte ein Lebewesen beschreiben – *aber warum einen Findling?* In diesem Augenblick erinnere ich mich an die Geschichte des Viktor Frankenstein. Die Botschaft dieser Erzählung hat mich als Jugendlichen manchmal schwer beschäftigt: Ich fragte mich damals nach der Substanz meiner eigenen Vernunft und danach, wie weit diese denn in ihrer Stärke reichen solle, da sie der Kreativität eigentlich ein Klotz am Bein ist und auf Entwicklung gewissermaßen hemmend wirkt. Unstrittig war für mich jedoch auch, dass länger lebt, wer vernünftig ist. Das jedenfalls habe ich behauptet, als ich einen Motorradfahrer mit seiner kräftigen Maschine sah, der auf der Dorfstraße rasend Eindruck schinden wollte – und das auch noch ohne einen Schutzhelm aufzuhaben. *Bei diesem Gemüt muss der Tannennadelbär womöglich vieles richten.*

„Enno, Enno! Schau mal hin, wir sind am Ziel. Siehst du die Eiche vor uns?"

„Natürlich, die ist ja auch kaum zu übersehen – wir stehen ja schon unmittelbar vor diesem Baum. Bist du mir ein lustiger Kauz!" Er lacht gutmütig und wir schreiten zur moosbedeckten Nordseite der Eiche, entfernen uns anschließend mehrere Meter vom Stamm und suchen den Eingang. Erstaunlicherweise weiß der Bär gar nicht mehr genau, wo der Zugang liegt, doch nach wenigen Minuten ist ein Hebel gefunden und wir sind glücklich über diesen Erfolg. Drinnen in seinem ehemaligen häuslichen Anwesen ist es dunkel und muffig riechend, von überallher sprießen ungestüm Wurzeln hervor, dem Körper nahekommend fühlen sie sich an wie unzählige dünne Arme. *Vielleicht einem lüsternem Erdgeist zugehörig, versuchen sie, mich ohne Sichtkontakt aufzuspüren in dem Wunsch, mich zu umarmen. Das Beste wäre es im Augenblick wohl, stillzuhalten, da der Bär ja sowieso zuerst bemüht ist, seine leuchtenden Kristalle zu verteilen. Aber in diesem Gewirr?*

„Enno, könntest du mir helfen, hier ein bisschen Platz zu schaffen? Ganz gut wäre es, die Wurzeln partiell zu binden, möglichst dicht an den Wänden, oben an der Decke oder irgendwo – Hauptsache, sie sind aus dem Wege."

„Mach ich doch gerne! Mit Licht würde es allerdings besser funktionieren. Nicht dass ich mich selber hier verknote und vom unsichtbaren Erdmonster eingewickelt werde. Helligkeit, Helligkeit und ein Funken Hoffnung muss hierher, lieber Tannennadelbär", singe ich mit einer guten Portion an Ironie, stelle zugleich deren positive Wirkung fest, da ich sofort einen der Kristalle in meine Nähe gelegt bekomme.

„Es werde Licht!", ruft mir der Bär zu und verschwindet zwischen den Tausenden von Wurzeln spurlos. Und ich, in welche Richtung auch immer ich meine Gestalt gedreht bekomme, sehe nichts als dünne Monsterfinger um mich herum, einer dunklen Vorstellung Vorhänge. Nach und nach gelingt es mir, tiefer in den Raum vorzudringen, bis zum Bären, der schon an einer bestimmten Stelle einen in der Wand versenkten Verschlag zu öffnen beginnt. Des Besuchers Neugierde bleibt natürlich nicht unbemerkt und so richtet sich mein Freund auf und meint: „Enno, das ist der Preis für deine Mühe."

Er nimmt noch die letzten Bretter weg und macht einen großen Schritt zur Seite. Was ich jetzt erblicke, kann ich kaum glauben, obwohl in meiner Lage so ziemlich alles relativ ist: Vor mir liegt ein bemerkenswerter Klumpen Aluminium aus Blech, Drähten und Leitungen. Teilweise mit anderen Materialien kombiniert, scheint es im Gesamtbild dem Flugzeugbau zu entstammen. Als ich das Sammelsurium dann im Detail betrachte, erkenne ich unter anderem auch ein ganzes Funkgerät, das der Konstruktionsart nach zu urteilen nur in jahrzehntealten Militärmaschinen montiert gewesen sein dürfte. Als ich die englischsprachige Beschriftung betrachte, wird es klarer: Hier liegt ein Überbleibsel des letzten Weltkrieges, einem sehr düsteren und grausamen Kapitel der Geschichte, in der so manches Erdenkind seine Menschlichkeit verloren hatte. Überall war tiefes Leid gestreut, dem unser Tannennadelbär und seinesgleichen zweifelsohne nicht entrinnen konnten und von dem ihnen sicher unzählige von Qual durchzogene Nächte bereitet wurden.

„Bär, wie konntest du mit all den zahllosen undurchdringlichen, auch sichtlich unheilbaren Träumen jener Tage einen sicheren Umgang üben und alles in Einklang bringen?"

„Wahr ist es: Auch für uns Traumrichtende war dieser Zeitabschnitt sehr schwierig und kompliziert, denn je weiter ihr Erdenbürger entwickelt seid, umso heftiger fallen eure Streitigkeiten aus, die wohldurchdachte Komplexität der wechselseitig zugefügten Gemeinheiten wie auch die in einzelnen Menschen verborgene Bösartigkeit expandieren mit jedem Konflikt weiter – um schließlich nicht nur die äußere Hülle verletzen zu wollen, sondern auch das Ziel zu verfolgen, des Individuums innere Welt zu zerstören. Dies sind Grausamkeiten, auch dem traumrichtenden Wesen gegenüber. Daher sage ich als Tannennadelbär: Jeder derartige Konflikt, in dem ihr euch gegenseitig bekämpft, bedeutet einen Rückschritt und eine absolute Niederlage für die Menschlichkeit. Ich besuche auch gegenwärtig noch einige Personen, die sich von damaligen seelischen Zerstörungen nicht erholt haben und die nachts Verstörtes träumen, weil im Inneren auch jetzt noch verwilderte Gärten die Landschaft prägen. Also beuge ich mich der Herausforderung und versuche mit Hingabe, die schwierigen Details positiv aufeinander abzustimmen und den Trauminhalt so zu richten, dass er später im realen Leben, am Tage nach dem Schlaf, etwas Gutes bewirken kann.."

„Deine Berufung gehört nicht zu den einfachen. Aber erzähle mal, wie der Findling hier hergefunden hat und wo deiner Ansicht nach die eigentliche Besonderheit des Schatzes liegen soll. Für mich ist dieser Anblick schon jetzt, bereits in seiner äußeren Ästhetik, spannend und das Gefundene zu einem wertvollen Objekt geworden."

„Er fiel vor mehreren Jahrzehnten während meiner Abwesenheit in der Nacht genau hier herunter. Das gemütliche Zuhause wurde durch den Einschlag fast komplett zerlegt – ein unfriedliches Bild. Doch dieses Ereignis war nichts im Vergleich zu dem schrecklichen Schicksal der Flugzeugbesatzung, der ich leider in ihrer Not mit keiner Hilfestellung mehr dienen konnte – sehr, sehr traurig nach meiner Empfindung. Dann sah ich mich gezwungen, pragmatisch zu überlegen: Meine bescheidene Existenz inklusive dieser Einrichtung sollte ja niemandem auffallen und so musste die ganze Sache rasch wortwörtlich zugeschüttet werden. Gedacht und getan. Beschlossen habe ich intuitiv, dem Bau auch eine neue Struktur zu verleihen, den geschichtsträchtigen Findling respektvoll in den Wohnraum einzubetten. Zufällig und unverhofft kam es während der Bauphase zu Begegnung mit einem äußerst selten vorkommenden Phänomen, als einer meiner Kristalle dem Funkgerät nahekam. Ich bekam den Eindruck, mit dieser indirekt strahlenden Energie dem Gerät seinen tiefen Schlaf zu entziehen. Zunächst breitete sich ein sanftes Summen zu allen Seiten von ihm aus, danach ließen sich leise Frequenzgeräusche registrieren, jedoch ohne einen Sender zu empfangen."

„Interessant! Infolge des Aufpralls müsste sich das Gerät eigentlich in unbrauchbaren Schrott verwandelt haben."

„So ist es, Enno. Aber hör mal, was noch phantastischer klingt: Aus rauschenden Geräuschen kristallisierte sich langsam und deutlich zu verstehen eine mir bekannte Stimme heraus, nämlich meine eigene, und diese sprach, was ich dachte! Das musst du dir vorstellen: Ich, der Tannennadelbär, höre den eigenen Gedanken zu – und noch besser: Ich führte dann auch einen Dialog mit ihnen. Aber ich sehe, Enno, dir fehlt eine richtige Mahlzeit – lass uns doch etwas essen. Danach können wir uns ja weiterhin der Betrachtung widmen. Was meinst du?"

„Liebend gerne! Mein Magen knurrt schon

unerträglich oft und immer lauter, was dir sicher kaum entgehen konnte. Ich habe das Gefühl, energielos in der Luft zu zerfließen – Essen und Trinken wären mir wirklich willkommen." Wir verlassen den unterirdischen Bau und die frisch duftende Luft des Waldes animiert zum bewusst tiefen Einatmen. In Kombination mit der Kälte am späten Nachmittag gibt sie mir ein wohltuendes Gefühl.

„Enno, warte mal hier ein Weilchen, ich hole uns etwas Gutes für das Abendbrot." Und schon ist der Bär weg, irgendwo zwischen Busch und Bäumen verschwunden, also setze ich mich auf den Waldboden und genieße die Stille, nutze den richtigen Platz für einen ruhigen Rückblick, da vieles geschehen ist.

Nun – was soll man auch davon halten, wenn ein altes und von einem zerstörerisch wirkenden Absturz herstammendes Funkgerät plötzlich zum Leben erwacht? – Und dann spricht es auch noch aus, was von mir gerade eben gedacht wurde – Mensch! Ich denke mir, dass wir einem sonderbar gefährlichen Dialog zum Opfer fallen – *bin ich es und ist es mein Gewissen, das mir antwortet?* Ich frage mich: *Wo wohnt denn das Wesen des Menschen? Meiner Überzeugung nach im gesamten Körper, doch strenger betrachtet sicher in seinem Haupt.* Interessant ist die Tatsache, dass ein Baum mit Stamm, Ästen, Blättern, Blüten und Früchten über der Erdoberfläche nur seine reproduktionsrelevanten Körperteile zeigt, damit er in neuen Generationen fortbestehen kann. Das Wichtigste in seiner gegenwärtigen Existenz jedoch, nämlich seinen wurzeligen Kopf, hält er in sicherem Untergrund, um sein inneres Wesen zu beschützen. So hat sich der Tannennadelbär sicherlich intuitiv eine optimal zu ihm passende Stätte als verborgene Bleibe herausgesucht – er als Traumrichtender.

„Hallo, Enno! Ich hoffe, mein Ausflug hat für dich nicht allzu lange gedauert. Eine meiner Vorratskammern befindet sich zwar hier in der Nähe, doch weil ich sie nur selten aufsuche, gelingt es mir nicht immer sofort, den

Verschluss zu öffnen. Jetzt aber, schau mal her – so etwas hast du bestimmt noch nicht gekostet." Er holt mehrere kleine Behälter aus der Tasche, ein paar Dosen und wenige Gläser. Auf mich macht dies einen ganz besonderen Eindruck, da ein Teil von diesem Inhalt in seiner bunten materiellen Struktur den Zutaten einer vergessenen Zauberküche gleicht. *Ob ich all das zu mir nehmen kann? Egal – Energie kommt nicht aus dem Nichts, etwas essen muss ich ja. Sollte sich aber mein Aufenthalt in diesem Walde zeitlich bedeutend ausdehnen müssen, dann wäre es wohl möglich, der Speisekarte anderen Charakter zu verleihen und in eigener Regie Früchte ernten zu können – dem Wunsche nach für mich selbst zu sorgen.*

Ich denke, im realen Leben wird die Bedeutung der eigenen Selbstständigkeit oft nur unzureichend geschätzt, man verlässt sich zu gerne auf bequeme Strukturen der modernen Gesellschaft und überlässt viele dem persönlichen Selbstbewusstsein dienende wesentliche Aufgaben oder Funktionen einfach anderen

Menschen. Wir lassen uns zunehmend bedienen – mit fatalen Folgen für die Eigenständigkeit. Traurig, wenn manche Kinder das Wesen einer Kartoffel nicht mehr kennen, nur weil ihre Eltern daheim anstatt zu kochen nur aufwärmen und einem Fertiggericht den Vorrang schenken. Oder aber wenn jemand einen Wagen fährt, ohne zu wissen, welchem Antrieb er dies eigentlich zu verdanken hat, da ein freundlicher Mitarbeiter der Tankstelle stets den Füllvorgang und alles andere im Wesentlichen übernimmt. Zum Glück sind dies nun keine überlebenswichtigen Details. Würde uns jedoch eine schwere Zukunft bevorstehen, dann könnte sich vielleicht so mancher kaum vorstellen, wie man Feuer anzündet, damit etwas Warmes gegessen werden kann. Und schon wären wir mit tieferer Geschichte konfrontiert. Nach meiner Überzeugung ist es besser, wenn die Lehrer den Kindern grundlegende Naturzusammenhänge und existenzrelevantes Basiswissen vermitteln – als ihnen zeitgeistmoderne, leistungsbetonte

Programme schon in den ersten Schuljahren aufzubürden. *Würde ich jetzt am Funkgerät stehen, dann würde ich mich sicherlich einer Diskussion mit der Stimme meines eigenen Gewissens hingeben und mich einem schwierigen Dialog ausliefern müssen. Ob der Tannennadelbär es gerne mag, sich mit Gedanken unterhaltend dazusitzen? Mag sein, dass er das sogar liebt und darin einen interessanten, einmaligen Weg zur Selbsterkenntnis sieht – und ein seltener Genuss wäre es allemal.*

Unterdessen hat Bär einen beachtlich großen Topf aus dem Bau geholt, mehrere Zutaten sorgfältig ausgewählt und sie in einer optisch reizend-schönen Komposition zusammengestellt. Was ich im Einzelnen erkennen kann, sind unter anderem getrocknete, kleingeschnittene Pilze und vielleicht geröstete Esskastanien, außerdem Walnüsse – und ein wenig frisches Wasser kommt ebenfalls hinein, zudem mehrere Arten von Kräutern. Sollte jemand Zweifel an der leidenschaftlichen Kochkunst meines Freundes haben, dem sei gesagt, dass der Bär sich zur geschmacklichen Vollendung einer Portion des dunklen, direkt aus der Wabe hier vor Ort gepressten Tannenhonigs bediente. *Was kann hier noch besser gemacht werden? – Nichts, es ist perfekt! Nun beginnen wir*, ohne ein Wort zu wechseln die Mahlzeit richtig effektiv zu vertilgen, bis der Boden im Topf sichtbar glänzt.

„Dein Heidelbeerkuchen war spitze", sage ich dann, „doch die heutige Speise hat ihn in ihrer kulinarisch seltenen Raffinesse weit übertroffen. Meine tiefe Verbeugung ist dir sicher!" Ich wartete einen Augenblick ab, bevor ich das Thema wechselte: „Weißt du Bär, wenn ich es mir so überlege, dann halte ich das Spezifikum deines Findlings für wirklich einzigartig – das ist für dich ein echt geeigneter Hort, weil man sich dort in schwierigen Zeiten zur Not mit Gesprächen seine Seele auch selber gesundpflegen und wieder zum Gleichgewicht finden kann. Dies liegt dir wahrscheinlich gut – es entspricht nämlich nicht deiner Art, Freunde den in Stille tobenden nächtlichen Gewittern auszusetzen und sie mit den komplizierten, manchmal tief abgründigen Geschichten der träumenden Lebewesen zu belasten. Ich glaube, dieser Findling fördert dich in deiner seltenen Berufung auf sinnvolle Weise. Daher meine ich, dass euer Aufeinandertreffen irgendwie schicksalhafte Bedeutung hat und das Funkgerät zum einen dir vom Unglück der Piloten zeugt – zum anderen jedoch auch wohlwollend dem Glück dienlich zur Seite steht. Aber sag bitte, warum bist du denn von hier weggezogen? Ist es vielleicht nicht so, wie ich es mir gerade ausgemalt habe?"

„Enno, mit dieser Ausführung liegst du schon ziemlich gut. Es war eine richtige Entscheidung, den Findling zu behalten – oder passender ausgedrückt, ihn in diesem Zustand zu „erhalten". Der Grund für meinen Umzug ist ein anderer: Der zunehmend stärker frequentierte Wanderweg in der Nähe hat meine Existenz bedroht, so banal es klingen mag. Das Risiko einer gefährlichen Begegnung mit einem Erdenbürger war einfach nicht mehr vertretbar. Und wie du siehst, Enno, ist der Schatz viel zu schwer, um bewegt zu werden – somit war die Trennung unausweichlich geworden. Nebenbei bemerkt: Ungefähr alle paar hundert Jahre ändert sich meine Adresse sowieso, weil hier auch die großen Bäume ja nicht besonders lange leben – und ich pflege doch unter ihrem Schutz zu wohnen. Mir ist also eine regelmäßige Trennung vom häuslichen Gut gewissermaßen vertraut. Außerdem kenne ich die örtliche Lage des Findlings ja, demnach steht einem gelegentlichen Besuch nichts im Wege – und damit ist doch alles in Ordnung."

„Verstehe. Ich persönlich bin im Übrigen ebenfalls schon öfter umgezogen und muss leider sagen: Ich habe jedes Mal so manches komplett aufgegeben und es anschließend richtig vermisst. Mal waren es unscheinbare materielle Dinge, dann wieder essenzielle Werte, bis zu einem bestimmten, sich unbewusst wandelnden Lebensstil. Nach einem

Wechsel wurden darüber hinaus häufig auch zwischenmenschliche Beziehungen strapaziert – deren Intensität schien, mit leisem Beistand der fortschreitenden Zeit, unter einer vergrößerten räumlichen Entfernung drastisch zu verblassen. Wir sagen manchmal, wenn auch aus Bequemlichkeit vielleicht: ‚Aus den Augen, aus dem Sinn.' Ein Gedanke, der früher etwas Wesentliches an sich hatte, verliert zunehmend unbemerkt seine Relevanz, weil man, entwurzelt in einem fremden Umfeld, nach festem Halt sucht. Dem entgegengesetzt kommt es ohnehin auch vor, dass man sich nur an die netten Seiten der Vergangenheit erinnert: Negatives wird lieber ausgeklammert und vernachlässigt, was auch sinnvoll und zweckgebunden ist, da dem Neubeginn dienlich. Aber ich glaube, all das kommt dir etwas seltsam vor. Oder?"

„Seltsam, nicht seltsam – ja, vielleicht doch ein bisschen. In mir werden alle Erfahrungen gleich gut umsorgt und für immer in verschiedenen, Vergangenheit deutenden Fächern ordentlich verstaut, gleichzeitig aber auch wach gehalten – weil sämtliche Eindrücke während meiner Arbeit nach Bedarf zu jeder Zeit sinnvoll unterstützend wirken können. Sie gleichen uns traumrichtenden Wesen einem großen Schatz. Ich weiß, dies ist ein sehr pragmatisches Verständnis. Aber, verstehst du, eine andere Sichtweise gibt es auch noch: Sie erlaubt mir, dem freien Gefühl der Freude nachzugehen und immer sagen zu können, dass es unzählige schöne Erinnerungen gibt, die man nicht einfach nur archivieren sollte. Jedes Mal, wenn sich Gelegenheit dazu bietet, hole ich mir diese Bilder unglaublich gerne wieder zurück und erfreue mich an diesen Erfahrungen."

„Du, Bär, frierst du denn niemals? Nun stell dir mal vor, mir ist schon wieder richtig kühl geworden. Was meinst du, vielleicht sollten wir auf den Pfad zurück und den Heimweg antreten? Dunkel ist es ja auch schon."

„Also, wie von dir bemerkt – die Dunkelheit hat uns in ihrer unsichtbaren Hand. Damit wäre für mich bald auch wieder die Zeit, weil vieles gerichtet werden muss. Du weißt schon. Für die anstehende Übernachtung würde ich dir gerne diesen Baum empfehlen – besser gesagt: die über uns wachende Baumkrone. Schau mal hoch, sie ist breit genug und mit Blättern dicht geschmückt; sie bietet zahlreichen Lebewesen Geborgenheit im Schlafe."

„Ja. Wenn aber dort oben viele gesellige nachtaktive Gestalten übernachten – finde ich dann auch Ruhe? Vom lauten Krabbeln falle ich vielleicht hinunter und du müsstest mich am frühen Morgen neu zusammensetzen." Der Bär lacht und kratzt an seinem mit Tannennadeln bewachsenen Kopf, als ob er in Verlegenheit geraten wäre. Er sagt: „Keine Angst, Enno, mir ist für jede Art von Reparaturen ein passendes Werkzeug zur Hand; ich werde dich nicht ‚im Stich' lassen." Und er lacht weiter, dieser Witzbold. Dem schließe ich mich gerne an und gemeinsam amüsieren wir uns köstlich, während nebenbei nach dem leckeren Abendessen aufgeräumt werden kann. Danach lassen sich unsere gut gelaunten Gemüter von den Füßen in den alten verwachsenen Erdbau tragen – schon zum zweiten Mal heute wollen sie diesen Weg begehen. Im Wohnraum geht es in den Baumkroneneinstieg – unter dunkler, wurzeliger Decke am Findling vorbei schleichend – und jetzt muss Geduld her, denn bis der Bär beim Öffnen der Luke einen Erfolg verbuchen kann, werden wohl mehrere Minuten vergehen.

Nun verweile ich ruhig bei dem Findling und starre mit vorsichtiger Neugierde auf das geheimnisvolle Funkgerät. Bei näherer Betrachtung fällt mir ein winziger, in das Aluminium eingekratzter Text auf; er scheint einem Namen zu entsprechen. „Jack Bloo… aer… Oder …cer…" Das Ende ist kaum lesbar, einzig die Ortsangabe könnte eventuell stimmen: „Sandpoint Idaho", den Rest schaffe ich nicht mehr, zu entschlüsseln. *Ob dies der Funker war? Keine Ahnung, das ist aber ziemlich wahrscheinlich.* In diesem Augenblick gruselt es mich ein bisschen, weil das Gerät hiermit personifiziert wurde – während es gleichzeitig unverhofft zu mir sprechen, mit meiner eigenen Stimme den von mir gedachten Inhalt senden könnte. Daraus wäre möglicherweise ein etwas speziellerer Dialog hervorgegangen, an überraschend ungewissen Wendungen reich, einer schwer verschließbaren Quelle ähnelnd: ein mentaler, die Sinne trübender Marathon, dem meine fragile Wenigkeit vielleicht gegenwärtig kaum gewachsen wäre, denn was dem Tannennadelbären zugutekommen mag, kann für einen menschlichen Geist wie mich auch eine Last bedeuten. Doch der für den Sendebetrieb notwendige Kristall bleibt ja fürs Nächste außer Reichweite und das ist vielleicht auch besser so.

Als kleiner Kindergartenjunge habe ich während der Spielzeit im Außenbereich etwas Einmaliges erlebt, was in so manchen Details zur jetzigen Situation analog passend ist. Nun, es war ein seltener Findling, der in mir und meinen Freunden unbegrenzten Entdecker-Enthusiasmus hervorgerufen hatte. So blieb der prägnante Eindruck einer unglaublichen Begegnung bis heute in meiner Erinnerung wach. Es war der sechste Herbst meines Lebens, mit einer nach feuchtem Laub der Kastanienbäume duftenden Luft und des Nachmittags Sonnenstrahlen. Diese wärmten jedoch kaum jemanden, da sie, von gieriger Diesigkeit größtenteils abgefangen, deren Hunger nach Licht zum Opfer fielen. Meine Müdigkeit zu diesem Zeitpunkt hatte es mir nicht erlaubt, energieaufwändige Spiele anzufangen und so war ich einfach nur am Herumspazieren gewesen, hatte mich einzig für erdnahe Kleinigkeiten der unmittelbaren Umgebung interessiert. Und vielleicht genau deswegen war ich mit gelangweiltem Blick über einen aus dem Boden heraustechenden metallisch glänzenden Schatz gestolpert. Wie vom Blitz getroffen, erlangte ich sofort volle Konzentration. Alle noch verfügbaren Kräfte bündelnd buddelte ich ungeduldig und euphorisch bis zum ersten konkreten Umriss. Nun wollte dieses seltene Glück unbedingt mitgeteilt werden, denn geteilte Freude entspricht der doppelten Freude, und so wurden wir bald viele, im Grunde alle technikbegeisterte und Geheimnisse liebende Kinder. Als Entdecker durfte ich diesem Findling meine Theorie anhängen und eine Idee aufleben lassen – ich erzählte vom ersten Satelliten im Weltall, dem Sputnik. Die Geschichte war lustig und gut, aber eigentlich galt uns dieser Moment weiterhin als unbegreiflich – hier einen derart rätselhaften Schatz gefunden zu haben, war für kleine Jungs eben irgendwie mysteriös. Es war schön, gemeinsam sitzend und voller Begeisterung über den materiellen Inhalt des fremdartigen Fundes zu spekulieren. Leider hat es dann aber nicht allzu lange gedauert, bis unsere nette wie auch fürsorgliche Kindergärtnerin, Frau Olga, pflichtbewusst in schnellem Schritt herkommen musste. Sie stellte sich hin und meinte ohne längere Überlegung mit nüchterner Stimme sprechend: „Jungs, was ihr hier vor euch seht, ist eine alte, zerknitterte Waschmaschine, die zusammen mit anderen Schrott-Teilen von jemandem aus der Nachbarschaft in der Vergangenheit hier rücksichtslos vergraben wurde." Hm. Den meisten von uns kam dies einem lauten Donnerschlag gleich, der unmittelbar alle Sterne vom Himmel fallen ließ. Die magische Aura des Schatzes löste sich in Windeseile spurlos auf. Für mich ist dies ein wesentliches Beispiel dafür, dass es mitunter die bessere Lösung ist, etwas Unerklärliches einfach ohne Erklärungen als mysteriös im Raume stehen zu lassen, weil dessen einmaliger und flüchtiger Zauber ansonsten plötzlich verdunsten kann. Und was dann bleibt, ist womöglich sachlich aufgeklärte, nüchterne Realität.

Aber Während ich mich dem Funkgerät zugewendet habe, ist der Bär schon im Gang nach oben kletternd verschwunden – die Luke ist auf. „Wie sieht's denn aus, darf ich nachkommen?", rufe ich dem Freund zu.

„Der Weg ist frei, Enno – nachkommen erlaubt!" Ich muss mich ziemlich hineinzwingen, den Körper wie eine Raupe in vertikaler Richtung mühsam fortbewegen – eine schweißtreibende Angelegenheit. *Es würde mich aber auch wundern, wenn der Gang für Menschengröße angelegt wäre: Breit, mit Griffen und Stufen versehen und eben für eine gemütliche Begehung geeignet.* In wenigen Minuten habe ich es jedoch geschafft, an der oberen Öffnung anzukommen, mitten im schützenden Reich der Baumkrone – zu jeder Seite hin von unzähligen Ästen und Blättern umgeben und ohne alle Weitsicht zum Horizont – *aber wen wundert das, es ist ja schon dunkel!*

Wunderbare Neuigkeit
✳

„Also, Enno, deine Schlafgelegenheit wird auch bald fertig gerichtet und sollte die späte Luft richtig kalt werden, dann kannst du auch in den alten Schlafsack hier hineinschlüpfen. Schaust du bitte mal nach, ob er für dich in Ordnung ist? Als unsere Wildschweine vor mehreren Jahren in der Dämmerung auf Futtersuche zufällig Wanderern begegnet sind, sind diese Menschen in riesigem Schrecken davongelaufen, haben so manches an praktischen Dingen einfach unüberlegt in der Gegend liegenlassen – und sind nicht mehr zurückgekommen. So was! Nun, zu guter Letzt habe ich die Sachen irgendwann aufgelesen und an ein paar Freunde hier im Walde verteilt. Den Löffel hast du schon beim Einohr benutzen können. Aber, es gäbe gegenwärtig noch etwas Wesentliches, was ich dir auf keinen Fall vorenthalten möchte: Wenn mich meine Sinne nicht täuschen und die etwas vage Berechnung stimmt, dann wird es dir vermutlich schon demnächst möglich sein, in deine gewünschte Dimension zu wechseln, ja, die ersehnte vollständige körperliche Schale wiederzuerlangen. Ich sehe, am heutigen Abend ehrt uns das Firmament mit seinem klaren und erhabenen Antlitz – unter Umständen könnten wir die nötige Sicherheit gewinnen."

„Wunderbare Neuigkeit! Unbestimmte Zeit auf diese Gewissheit warten zu müssen, könnte mir nämlich schleichend den Mut, die stille Zuversicht und die restlichen vorhandenen Kräfte rauben. Meine ungezügelte Euphorie gestattet mir augenblicklich keine Passivität – kann ich dir jetzt irgendwie behilflich sein und mit Tat zur Seite stehen?"

„Deine Assistenzbereitschaft weiß ich sehr zu schätzen. Doch eigentlich dauert dieses Prozedere kaum länger als der flüchtige Flug einer Fledermaus und auch der Energieaufwand ist unerheblich, weil jahrmillionenalte Erfahrungswerte von mir angewendet werden. Nun lehne dich einfach zurück und schöpfe

Kraft aus dem Frieden unseres Waldes."

„Tja, was sind schon Ennos wenige mühsame Jahrzehnte mit deinen uralten Erfahrungen verglichen? Dann lass' die Orgel pfeifen!", sagte ich grinsend, während ich mich bequem an einem breiten Ast anlehnte.

„Orgel pfeifen? So, so. Ich bin zwar um ein paar bescheidene Millionen Jahre älter als du, Enno, aber derartiges haben meine Ohren noch nicht gehört – interessant. Dabei gibt es tatsächlich mir bekannte Orgelkonstrukteure, und das nicht mal weit weg von hier. Weil du es angesprochen hast – vor gefühlten zweitausend Jahren deiner Zeitrechnung war ich in einer fern südöstlich vom Schwarzwald liegenden Region unterwegs und dort bei einem alten Freund zu Besuch, der im Übrigen bis heute für das Richten der Träume vor Ort zuständig ist. Er stellte mir eine der dir bekannten Orgel verwandte Konstruktion vor, ein mit Wasser gefülltes, bewundernswert gearbeitetes Pfeifeninstrument. Mehrmals lauschten wir hoch erfreut vielen Tönen und interessanten Klängen in des Erbauers Werkstatt, von ihm natürlich unbemerkt, und der Entstehung einer improvisierten Komposition. Danach, beim gemeinsamen Trank, waren wir uns auch absolut einig, dass ihr Erdenbürger, wenn gewillt, einzigartig Wundervolles hervorbringen und eurer Welt unzählige Freudenbecher und reine Güte schenken könnt. Für mich ist das in lieb gewordener Wiederholung jedes Mal ein großartiges Erlebnis."

Der Bär schaut jetzt rund um sich und scheint gedanklich versunken etwas zu suchen. Dann holt er aus der Tasche ein kleines, gleißendes, technisch anmutendes Gerät und nimmt mit ruhiger Hand professionell wirkende Einstellungen daran vor, wobei ich mich fragen muss, welcher Herkunft denn eine solche Vorrichtung sein mag. Die wohl perfekt funktionierende Konstruktion ähnelt mit ihrem seltenen Material in meinen Augen einem Messgerät. „Wie ich sehe, Bär, bist du technisch versiert – es gibt sicherlich keinen Menschen, der zu dieser fremden Bauart etwas sagen könnte, stimmt's?"

„Das kann sein. Als ich es bekam, da waren hier noch keine Menschen vorhanden. Glaub mir, ihr seid nicht die einzigen träumenden Lebewesen: Auf diesem Planeten hatte ich auch viel früher schon einiges zu tun, die hiesige Region sah allerdings ganz anders aus als heute: Zur einen Seite erstreckten sich Gewässer bis zum Horizont und die Luft duftete grundverschieden, weil die Flora der Landmasse vom großen Wuchs bestimmter exotischer Pflanzen geprägt war. Und stell dir vor: Die Tarnung einer Tanne war mir damals in jeder Hinsicht unbekannt – ich konnte meine Identität offen zeigen und mich zu jeder Zeit und überall ganz ungeniert gefahrlos in der eigenen Urform bewegen. Was du, Enno, hier siehst, dieses winzige Novum auf meiner Handfläche, ist ein wunderbar praktisches Geschenk des fortwährend Reisenden mit der Bedeutung eines Zeichens seiner aufrichtigen Dankbarkeit. Ich habe es von ihm erhalten, als er während der schweren Gewitter der damaligen Zeit unglücklich gestrandet war und wir seiner Not glücklicherweise zur guten Wendung verhelfen durften. Und solltest du nach seiner Herkunft fragen wollen – diese kenne ich nicht, eins sei aber gesagt: Er war kein Erdenbürger."

„Fragen wollte ich tatsächlich. Aber lass uns das interessante Gerät doch mal in seiner zweckmäßigen Anwendung ausprobieren – ich bin ehrlich sehr gespannt. Und wie wichtig mir die Ergebnisse sind, muss ich ja nicht erwähnen."

„Also gut, bevor du hohem Fieber zum Opfer oder einem tiefen Unmut verfallen solltest, schauen wir mal in die Ferne." Er klettert nun rasch auf die etwas höher empor reichenden Äste, sucht eine für die heutige Sternpeilung gut geeignete Lücke zwischen dicht wachsenden Blättern und festigt anschließend seine doch gewagt balancierende Körperhaltung. Mir bleibt gegenwärtig nichts anderes übrig, als geduldig zu warten.

An der Baumrinde zu meiner linken Seite

hängt eine kleine Laterne mit dem bekannten Leuchtkristall darin, der in aller Stille unaufdringlich strahlt und es damit schafft, in seiner unmittelbaren Umgebung eine aus Heimlichkeit kommende angenehme Atmosphäre zu entfachen. Auch während die Augenlider geschlossen bleiben, spürt man die wärmende Lichtquelle, bildlich und materiell vorhanden. Ich frage mich in diesem Moment, inwiefern die Helligkeit an sich für mich wohl unersetzlich ist, weil ich schon von Geburt an das Sonnenlicht gekannt, es unbewusst und instinktiv zum unverzichtbaren Gut erhoben und als existenziell Relevantes begriffen habe. *Doch jemand legt plötzlich den Schalter um und schon ist es dunkel um mich herum – nun müssten neue Prioritäten her, denn möglich ist es ja, auch anders wahrzunehmen. Man sieht und erkennt sein Leben nicht nur mit dem Augapfel allein. Das schöne Leuchten – und trotzdem, was wäre ich denn bereit, für dessen Erhaltung zu tun? Sollte es einmal unverhofft dem völligen Erlöschen ausgeliefert sein, so könnte meine Wenigkeit vermutlich einen derartigen Verlust nicht verkraften, daher bliebe nur ein kühner Weg nach vorne – der bewahrenden Pflege des besonderen Leuchtens ein größtmöglich dienendes Opfer zu bringen. Nur wird irgendwann früher oder später die Vergänglichkeit ihren Tribut fordern. So sei es eben. Ihre langfristig beständige Präsenz stets retuschieren zu wollen, würde mir sicher auch nicht gefallen, da das Werk dieser Zeitlichkeit mich im Endeffekt des Wesens aller Dinge hohen Wert zu schätzen lehrt und zugleich auch den Zeitpunkt einer Reife erst ermöglicht. Ohne Einfluss der Vergänglichkeit gibt es keine Zukunft – nicht für mich, nicht für den wahrhaft Lebenden, nicht für den Tannennadelbären.*

„Bist du mir ein Wachträumer, Enno! Seit einer Weile schon stehe ich direkt neben deiner Gestalt und warte, warte – in der Hoffnung, von dir bald entdeckt zu werden."

„Entschuldige bitte, ich war am Nachgrübeln, habe so ein bisschen für den eigenen Bedarf philosophiert." Des Bären breites Lächeln erstreckt sich jetzt von einem Ohr zum anderen.

„Also: Meine Sinne haben mich nicht getäuscht, deine Reise steht dir kurz bevor. Schon morgen am hellen Tage werden sich für die relevanten Umwege wichtige Winkel ergeben, Gestirnenkonstellationen der ersten Güte, deiner Rückkehr optimal entsprechend. Und sieh mal: Da ich nur nachts arbeite, wird es mir gegeben sein, dir bei dem Übergang zu helfen. Aber ist denn alles in Ordnung? Freust du dich denn gar nicht?"

„Doch, doch, ich bin ausgesprochen glücklich darüber. Der Aufbruch nähert sich allerdings in schnelleren Schritten, als von mir vermutet – somit benötige ich noch ein paar Minuten mehr, um diese überaus günstige Tatsache richtig annehmen zu können."

„Kann ich nachvollziehen. Ich schlage vor, wir richten unverzüglich dein grünes Freiluft-Nachtquartier ein, denn ich soll gleich zum Richten ziehen, meine Arbeit ruft. Morgen ist ein bedeutender Tag, ruhe dich bitte gut aus." Mit bemerkenswert exakt koordinierten Bewegungen bindet er an einigen Ästen dünne Schnüre fest und verknotet und vernetzt sie alle miteinander, wodurch rasch ein stabiles räumliches Gebilde entsteht – luftig hängend und trotzdem sicher in seiner Erscheinung. Es werden noch mehrere Stöcke geschickt verklemmt und zu einem etwas spartanisch wirkenden Bett verbaut. *Ob es diesmal meiner bescheidenen Größe angepasst ist? Das werde ich wohl gleich testen dürfen. Aber auch wenn dieses Bett sehr bequem sein sollte, möchte ich jetzt behaupten, dass während dieser langen Nacht kein müdes Auge geschlossen werden kann, weil der kommende Morgen so ungewiss.*

„Bär, ich danke dir!" Nun stelle ich aber überrascht fest, dass der flippige Freund schlicht und einfach nicht mehr da ist – wie geräuschlos von hungrigen Baumkronen verschlungen, leicht verzehrt und direkt in Sauerstoff umgewandelt. *In der heimischen Flora spurlos verschwunden und gleichwohl wäre er nach seinen Ausführungen nicht wirklich verloren – könnte man meinen. Und ich? Welches wählbare Schicksal wird denn morgen meines sein?* Jetzt habe ich keine Einfälle mehr und dies ist ein sicheres Zeichen für laut nach mir rufende Bettruhe. Hinzu kommt ein etwas leiser rufender Schlafsack, der nach genauerer Betrachtung äußerlich nicht besonders einladend wirkt. Da die Nacht zu dieser Jahreszeit aber mit frischem Hauch grüßt, will ich hier wohl eher nicht wählen. *Also hinein mit mir! Wohltuende Wärme hat heute Abend den Vorrang.* Jetzt, entspannt liegend, geht es mir richtig gut mit einer unbegrenzten Menge an sauberer Luft und der dezenten Geräuschkulisse des Waldes. Über mir ist ab und zu ein winziger Ausschnitt des Firmaments zu sehen – *wer hat denn schon so eine derartige Unterkunft? Bin echt privilegiert im Moment.* Nur die Zähne, die fühlen sich echt unangenehm an; meine ziemlich improvisierte Mundhygiene scheint nicht besonders wirkungsvoll. Was würde ich für eine richtige Zahnbürste geben! Umso mehr freue ich mich auf morgen, denn sollte die Reise tatsächlich erfolgreich verlaufen und mich in meine angestammte Realität zurückbringen können, dann wäre so manches praktische Problem schnell gelöst. *Interessant, wie sehr ich an der alten Welt hänge – etwa aus Bequemlichkeit? Vielleicht, weil ich zu Feige bin, mich für die möglichen wählbaren Alternativebenen zu entscheiden und der blassen Furcht vor Unergründlichem folge. Fürchte ich, die eigene Identität in einer neuen Wirklichkeit für immer zu verlieren? Oder habe ich einfach Angst, loslassen zu müssen, da ich über die Jahre hinweg vieles liebgewonnen habe? Was ist hier wahrscheinlicher?*

Die etwas höher über dem Horizont stehende Sonne streichelt mit ihren Strahlen über mein Gesicht, mit blinzelnden Augenlidern werde ich langsam wach und denke mir: *Mensch, Enno, jetzt hast du die richtige Konstellation womöglich verschlafen! Donnerwetter!* Die Sinne schärfen sich zunehmend und ich vernehme somit immer deutlicher irritierenden Lärm, mache in der Hektik einen unüberlegten Schritt – und schon geschieht es: Ich fliege auf dem kürzesten Weg vom Baum herunter.

Das ist eine schmerzhafte Angelegenheit, die mich sekundenlang kaum atmen und nicht mal im Ansatz schreien lässt, den Körper augenblicklich einer absoluten Bewegungslosigkeit unterworfen hat. Der Gravitation habe ich jetzt nichts mehr entgegenzusetzen. *Dieser Lärm, welchen Ursprungs könnte er sein? Es hört sich an, als wäre dies eine stählerne Baumaschine, die voller Anstrengung hartnäckig ihre Aufgabe verrichtet, rhythmisch zu noch mehr Leistung getrieben wird. Oder es wird gerade ein temperamentvolles metallenes Monster in einem der Dörfer mühsam gezähmt, quietschend und dem rostigen Körper zum Trotz. Da schon vom Körper die Rede ...* Nach dem unsanften Aufprall versuche ich, meine verunglückte Wenigkeit schonend aufzurichten, vom Liegen zur Sitzposition, und mir ist, als könnte ich dabei, schon zum zweiten Mal in Folge, sämtliche zwischen Muskeln und Haut eingelegte Knochen zählen. Es dauert nicht lange, da erscheint vor mir der grüne Tannennadelbär, für mein Gefühl ein bisschen später als sonst üblich. Seinem Gesichtsausdruck nach zu urteilen ist er im Inneren seiner Seele besorgt.

Der nahtlose Übergang
*

„Enno, ich sehe, du hast den schnellsten Weg nach unten genommen. Hoffe, es geht dir einigermaßen gut?" Er grinst ein wenig.

„Nun ja, ich kann mich an bessere Zeiten erinnern – wenn du schon so nett fragst."

„Wir sollten uns sputen, der optimale Winkel wird sich bald ergeben; außerdem befinden wir uns in einer selten auftretenden Gefahr. Deine, meine und die Existenz der anderen hier Lebenden stehen unerwartet auf dem Spiel."

„Was ist denn so schwerwiegend in der Konsequenz und derart bedrohlich, dass alle um ihre Präsenz fürchten müssen?"

„Weißt du, überall auf eurem Planeten liegen tief im Erdinneren verborgen dünne Kristalladern verteilt. Seit Generationen schon sind traumrichtende Wesen auf die spezifische Energie dieser seltenen Schätze angewiesen und daher auch mit einer besonderen Gabe ausgestattet: Wir können ihre geografische

Lage präzise bestimmen, die Adern intuitiv orten. So lassen sich auch natürlich vorhandene Zugänge relativ leicht aufspüren, was einem gelegentlichen unkomplizierten Abbau dienlich ist. Uns ist allerdings zugleich bewusst, dass das unermessliche Energiepotenzial der Kristalle an große Verantwortung geknüpft ist, also schützen wir alle ihre Quellen und lassen sie nicht zu Tage treten, weil sinnvolle Obhut dem Erdenbürger gegenüber angebracht ist. Heute früh musste ich aber um die Sicherheit der örtlich verborgenen Werte bangen, da suchende Menschen unweit der Kristallader Sondierungen und Probebohrungen im Erdreich vornehmen wollten, dann aber glücklicherweise doch auf andere Stellen ausgewichen sind. Jetzt forschen sie, zumindest vorläufig, woanders für ihr Bergwerk. Ja, ich glaube, sie wünschen, unter Nutzung von uralten Schächten erneut Silber abzubauen."

„Wäre eine eventuelle Entdeckung der Kristall-Lagerstätte denn wirklich so schlimm?"

„Ich fürchte, in diesem Fall ja – so banal es

klingen mag: Der Kurzschluss mit einem rotierenden Bohrer würde zu einer gewaltigen und kaum beherrschbaren Energiefreisetzung führen, die möglicherweise hier punktuell alle und alles für sehr lange, vielleicht gar für immer unsichtbar machen könnte. Außerdem wäre es unter Umständen denkbar, dass der Mensch ein dermaßen großes Potenzial für die breite Entwicklung neuer, viel Leid und Zerstörung bringender Systeme nutzt. Wie auch immer, es ist ein reales Risiko, dem sich keiner von uns Traumrichtenden aussetzen möchte."

„Bär, ich bitte dich! So zutiefst unverantwortlich ist unsere Spezies doch auch nicht. Ich glaube, du solltest dich deiner bewundernswerten Beschäftigung häufiger während der Tageszeit widmen, weil Sonnenlicht hervorragend gegen Pessimismus hilft." Wir beide lachen uns jetzt die Tüten voll.

„Schau mal, Enno: Kannst du diese Lichtung im Vordergrund sehen? Dorthin müssen wir uns begeben."

„Einverstanden, lass mich ja keine Zeit verlieren, aber ... den Sturz habe ich noch nicht so richtig verkraftet – schaffen wir es, rechtzeitig vor Ort zu sein?"

„Ja, das denke ich schon. Knapp wird es aber wahrscheinlich werden, denn ein paar allgemeine Regeln wollen noch erklärt werden und ohne winzige materielle, die lange Reiseroute markierende Elemente dürftest du mir nicht fortgehen. Sonst würde die Gefahr, irrtümlich anderswo anzukommen, rapide steigen."

„Der Guckelmuck schilderte mir schon etwas Ähnliches, als ich zu dir wollte."

„Die heutige Tour hat allerdings mehrere räumliche Qualitätssprünge zum Inhalt und ist strukturell um einiges komplexer gestaltet als deine frühere Reise. Diese anzutreten ist ein Wagestück – zumal sie stark schwankenden Einflüssen der verschiedenen Dimensionen ausgesetzt sein könnte. Am Ziel anzukommen ist zwar schwierig, gleichwohl aber machbar, weil ich alle Umwege kenne. Also keine Bange."

„Das beruhigt mich! Ich hätte auch kein Interesse daran, im fremden Nirgendwo zu stranden – und die Gewissheit, dass es von dort keine Rückkehrmöglichkeiten mehr gäbe, wäre noch ein Brocken obendrauf."

„Na ja, du müsstest vielleicht improvisieren und aus der Not eine Tugend machen, aber es gibt doch unzählige Überraschungen, die sich selbstverständlich auch in positive Richtung konstruktiv entwickeln und ein Subjekt wachsen lassen. Nichts ist endgültig, ein Türchen öffnet sich immer irgendwo."

„Noch ein paar Meter und wir sind da. Diese Lichtung meintest du, oder?"

„Genau diese. Es ist an der Zeit, mit der Vorbereitung anzufangen. Sieh mal, ich habe etwas für dich angefertigt – es sind für den Verlauf deiner Route unentbehrliche Abschnittsmarkierungen." Er zeigt mir mehrere Miniaturobjekte, die in Form einer Halskette angeordnet sind. Manche scheinen glasähnliche Steine zu sein, dann gibt es Holzstückchen, Metalle, Federn, seltene Stoffe und anderes –

insgesamt ein recht bemerkenswertes Sammelsurium; die äußerliche Ästhetik betreffend sehr hübsch, wohl aber wichtigeren Bedeutungen zugehörig.

„So, diese Kette wird dich bis zu deiner gewohnten Welt begleiten. Ihre Bestandteile dienen der Vermeidung irrtümlicher Wegläufe und garantieren eine sichere Reise über die Ebenen. In den Augen eines modernen Menschen eben ein Autopilot."

„Ist ja lustig! Dann muss ich ja gar nichts mehr machen, oder?"

„Nun, genau genommen fast nichts. Wenn die Kette um deinen Hals gehängt ist, sollte ich diese einer kurzen Berührung meines Kristalls aussetzen, sie sozusagen aktivieren, und anschließend – so leid es mir tut – dir einmal auf den Kopf hauen. Bitte an dieser Stelle um Verzeihung."

„Was? Ich bekomme von dir echt eine gehauen? Und das noch in meiner fraglichen körperlichen Verfassung? Heiliger Strohsack! Bär, was ist denn das für ein Brauch?"

„Es tut mir aufrichtig leid, es muss aber wirklich geschehen. Du bist ja bedauernswerterweise bewusstlos zwischen die Dimensionen geraten, daher soll die anstehende Reise ebenso im erwähnten Zustand beginnen, das garantiert einen nahtlosen Übergang."

„In Ordnung. Wenn der Glaube Berge versetzen kann, dann kann mich auch die Wissenschaft des Tannennadelbären in die richtige Welt verfrachten. Habe ich Recht?"

„So wahr ich, der Tannennadelbär, vor dir stehe."

Und noch einmal holt der Bär sein interessantes Messgerät heraus und richtet es professionell gegen den blauen Himmel. Obwohl ich nur unsere Sonne und keine anderen Sterne entdecken kann, regelt er stolz sein Novum etwas nach, stellt es anschließend auf den plattgetretenen Boden und klappt darin verbaute Nadeln sowie eine Linse heraus. Dieses System wirft mehrere feine Schatten, die unterschiedliche Winkel zum Vorschein bringen, womit wohl der jetzige Zeitpunkt meiner Reise bestimmt werden kann. Während dieser zeremoniell anmutenden Situation reden wir nicht: In uns gekehrt wenden wir uns für längere Minuten den eigenen Gedanken zu oder genießen einfach die Stille. *In meinem Fall ist es vielleicht die Ruhe vor dem Sturm*, denke ich. Ich sehe mich noch einmal um, atme bewusst tief ein, denke mir: *mein Schwarzwald!*

„Enno, bist du wach?"

„Klar doch, können wir beginnen?"

„Also, hier: Nimm bitte diese Kette und bleibe mit dem Gesicht zur Sonne stehen."

„Bär, vielen Dank für alles! War mir eine große Freude, dir zu begegnen. Und vielleicht sehen wir uns ja wieder?"

„Besser nicht! Du weißt schon: Dich als einen wahrhaft lebenden Erdenbürger vor mir anzutreffen, würde für mich das sichere Aus und Ende bedeuten." Er lacht. „Aber bestimmt werden dich auch zukünftig unzählige Träume begleiten, von jeder erdenklichen Sorte bunt gemischt, und womöglich auch welche, die gerichtet werden müssen – schon gäbe es für mich einen Grund, dich zu besuchen. Die Rückkehr zu deinen Wurzeln ist hierfür natürlich Voraussetzung. Wo ein Lebewesen schläft, Enno, dort ist auch der Traumrichtende nicht weit, euch allen in Treue zu Diensten stehend."

„Na dann, alles Gute!" Vorsichtig führt er den dezent leuchtenden Kristall an einen Teil der Kette heran, berührt diese kurz und hüpft dann sofort einen kleinen Schritt zurück. Dann wendet sich der Bär in einem ernsten und ausgewogenen Tonfall an mich: „Achtung, ich muss dir jetzt echt einen Schlag verpassen."

„Ist gut."

„Also, es geht los – ich haue!"

„Ist gut, mach schon!"

„Ich hoffe, es wird nicht zu heftig."

„Nun, sterben kann ich ja kaum, oder?"

„Dann mach's gut!"

„Hombre! Estas bien? Estas bien?", höre ich plötzlich eine merklich aufgeregte Stimme aus unmittelbarer Nähe rufen, noch dazu auf Spanisch. Meine Augen öffnen sich nur mühsam und wirken sehr träge. Wie durch einen Schleier erkenne ich langsam eine sich hin und her bewegende Handfläche. Diese und ein neugierig, zugleich besorgt aussehendes Gesicht drücken sich vor die Heckscheibe meines Wagens. *Mensch, ich befinde mich in meinem Geländewagen!* Diese gegenwärtig greifbare Erkenntnis lässt mich abrupt aufschrecken und auf der Stelle erwachen – und genauso schnell kommen sich intensivierend über den ganzen Körper erstreckende Schmerzen auf, mit einem riesigen Kopfweh als Krönung.

„Estoy bien, muchas gracias", antworte ich intuitiv mit freundlichem Lächeln und dazugehöriger Handgestik. Dieser nette Mensch jedoch traut mir scheinbar nicht so ganz, er entfernt sich demnach nur zögerlich und wohl immer noch mit der Bereitschaft, helfen zu wollen. Ich öffne das Fenster und rufe ihm zu: „De verdad, todo esta bien. He dormido un poco mas, que yo me deseaba. Muchas gracias por su ayuda." *Hoffentlich habe ich es auch richtig formuliert, bei meinen Spanischkenntnissen ist das manchmal eine etwas fragliche Sache – aber in dieser Situation schlicht egal.* Perplex, wie ich jetzt bin, fasse ich mit ungläubigen Fingern alles in meiner Nähe gierig an – und tatsächlich: Sämtliche Teile der Innenausstattung kommen dem Tastsinn echt vor, fühlen sich realistisch an. Auf dem nahen Beifahrersitz liegt tatsächlich noch Essen: Brot, saure Gurke – auch von der Erinnerung lebend, zugegebenermaßen.

Zwei Tage später sitze ich nach erfülltem Auftrag zu Tisch, koste ein wenig vom guten Wein, genieße den Geschmack des leckeren Käses – da kommt unser geselliger Rainer in eiligem Schritt mit einem kleinen Radio unterm Arm daher und mit Fassungslosigkeit in den hellwachen Augen. Lächelnd flüstert er: „Jungs, ihr werdet nicht glauben, was ich gerade eben den heimischen Nachrichten entnommen habe. Stellt euch vor: Der Schwarzwald ist weg – einfach nicht mehr existent!"